Martin Halama

Generation Z
Blaues Blut

AF214597

Martin Halama

Generation Z

Blaues Blut

Roman

Bibliografische Information der Deutschen Nationalbibliothek:
Die Deutsche Nationalbibliothek verzeichnet diese Publikation in der Deutschen Nationalbibliografie; detaillierte bibliografische Daten sind im Internet über http://dnb.d-nb.de abrufbar.

© 2015 Martin Halama

Umschlaggestaltung: MAKEL art (http://schlingel.info/makel-art)
Lektorat, Korrektorat, Satz: Julia Urff

Verlag: tredition GmbH, Hamburg

ISBN Hardcover: 978-3-7323-4435-2
ISBN Paperback: 978-3-7323-4434-5
ISBN e-Book: 978-3-7323-4436-9

Inhalt

Teil 1

Teil 2

Teil 1

Kapitel 1

20 Minuten

Noch 20 Minuten! Ich darf nicht einschlafen. Noch 20 Minuten. Die Augen schließen sich langsam und reißen blitzschnell wieder auf. Ich kuschle mich in die Umarmung der Bahnsitze. Nur noch 20 Minuten, dann bin ich zuhause. Ich bin sternhagelvoll. Die ersten 17 Bier waren der Aufstieg in den Olymp des Rausches, die restlichen waren der Wegzoll für den Abstieg. Schnell nach Hause, ins Bett, ins Koma.

Ich kann zuhause nur sehr schwer einschlafen. Ich liege stundenlang wach. Denke nach. Arbeite. Kann nicht schlafen. In der Bahn will ich nicht schlafen und bin sofort weg. Ich bin schon an den komischsten Orten aufgewacht. Neben den komischsten Leuten. Mit den komischsten Erinnerungen.

Die Sonne schleudert mir ihre Strahlen mitten ins Gesicht, als wolle sie mich bestrafen, dass ich so lange unterwegs war. Ich schließe die Augen. „NEIN! Die müssen auf bleiben!", krakeelt mein innerer Wecker. Ich gucke mich im Abteil um. Suche eine Beschäftigung. In der Bahn trifft man die merkwürdigsten Menschen. Überall trifft man merkwürdige Gestalten.

Ein junger Südländer lässt die Kugeln seiner Gebetskette in einer Hand mit seinen Fingern kreisen. In der anderen Hand hat er ein junges blondes Mädel und lässt seine Zunge in ihr kreisen. Ich hab mal von einem türkischem Freund gehört, dass viele Türken die Frauen nur in den Arsch rammeln, da vaginaler Sex vor der Hochzeit verboten ist und die Frauen als Jungfrau in die Ehe gehen müssen. Ein Hintertürchen gefunden.

Im Vierer neben mir schläft so ein 08/15-Typ. Uninteressant. Keiner Beschreibung wert. Am Waggonende rauchen drei Typen ihr Gute-Nacht-Tütchen und das Abteil füllt sich mit einem wohlriechenden Duft. Ansonsten ist der Waggon leer. Die Bahn hält. Ich muss nur noch 16 Minuten wach bleiben.

Ein älteres Ehepaar mit ihrer Enkelin oder Tochter steigt ein. Entsetzt. Scheiße, dass Asi-Abteil erwischt. Schnell raus. Türen schließen. Zu spät. Bahn fährt. Sie nehmen das Kind an die Hand, als ob sie es noch irgendwie retten könnten. Schweiß perlt ihnen von ihren Stirnen. Augen aufgerissen. Ihre Pupillen schlagen nach links und rechts. Die Muskeln werden angespannt und drücken die Hand des Kindes fester. Zu den Kiffern wollen sie nicht. Noch weniger zu dem Ausländer. Der Schlafende fängt an zu kotzen. So ein normaler Junge, so runtergekommen. Die Alten legen ihre Arme schützend um das Kind. Ihre Angst wächst. Das Mädchen plant gar nicht, was los ist und erfreut sich an dem Duft, der in der Luft liegt. Sie findet Gefallen. „Hier riecht es gut", urteilt sie unbedacht. Die Alten reden auf die Kleine ein, als ob sie sich gerade einen Schuss gesetzt hätte. Ich denke mir, dass das Mädel noch mit ihrer Bewertung warten sollte. Gleich wird der Duft des Erbrochenen den der Drogen besiegen und die Meinung des Kindes ändern. Bahn hält. Die Drei rennen um ihr Leben. In ein gutes Abteil. Nie wieder Bahn fahren. Auto kaufen. Kugelsicher. Getönte Scheiben, damit keiner reingucken kann. Nie wieder Bahn, wo jeder betrachtet werden kann. Wo jeder ist.

Ich gebe dem kotzenden Typen mein letztes Taschentuch und biete ihm einen Schluck Wasser an. Er kotzt mir auf die Stiefel. Pennt ein. Ich setze mich wieder hin. Noch 13 Minuten. „Nicht einpennen!" Meine inneren Wachposten patrouillieren. Bahn hält. Bahn fährt. Bahn hält. Bahn fährt. Augen schließen. Bahn hält. Augen öffnen sich. Drei Mädchen steigen ein. Setzten sich in meinen Vierer. Warum setzten sie sich in meinen Vierer? Es ist doch so viel frei. Bestimmt haben sie Angst vor Kiffern, Kotzern und Kanaken. Ganz toll... Ich betrachte sie genauer. Oh Mann. Das ist zu viel für mich. Drillinge. Sie sehen alle drei genau gleich aus. Ich will weg. Ich starre die Drei verängstigt und überwältigt an. Die Promille lassen aber nur zu, dass ein Auge weit geöffnet wird. Das andere zittert halb offen vor sich hin. Sie merken es. Ich bin überfordert.

Ich wache auf. Die drei Mädels hocken einen Vierer weiter. „Fuck!" Ich habe meine Station verpasst. Ich hebe meinen schwarzen Filzhut vom Boden auf und steige zwei Stationen nach meinem eigentlichen Ziel aus. Neues Ziel: Kiosk. Glück gehabt. Die Geschäfte haben schon offen. Ich hole mir ein Bier und eine Zeitung. Hocke mich in eine abgelegene Ecke und werde erst mal den Bierschiss los. Ich muss 20 Minuten auf meine Bahn heimwärts warten. Das wäre sonst zu knapp geworden. Ich schlag die Zeitung auf. Grausam. Bekomme Kopfschmerzen. Geldverschwendung. Die heutigen Medien kann man vergessen. Nur Bullshit. Ich werfe die beiliegende Werbung weg und halte nur noch ein verhungertes Abbild der gekauften Zeitung in der Hand. Beginne einen Artikel zu lesen. „Rentner rastet aus". Ein älterer Herr hat seine Frau, Kinder und Enkel mit einem Vorschlaghammer erschlagen. Interessant. Bald gibt es bestimmt Ausgangssperre für Rentner. Telefonüberwachung. Das volle Programm.

Das ältere Pärchen und das Kind laufen an der Ecke vorbei und sehen mich. „Habt ihr ma was zum Abwischen?" Ihr Weltbild – zerstört. Ihre Illusion – zerstört. Ihre Realität – gewachsen.

Das Kind wirft mir eine Packung Taschentücher zu.

Den Rest der Zeit bis das Massentransportmittel kommt laufe ich die Bahngleise hoch und runter. Kreislauf in Schwung halten. Dem Schlaf keine Chance geben, Besitz über deinen Körper zu erlangen.

Ich torkle hin und her und versuche nicht gegen die anderen Passanten zu laufen. So eine Zeitverschwendung. Ich habe noch knapp zwei Wochen. Zwei Wochen bis der „Ernst" des Lebens beginnt. Ich bin mit meiner Ausbildung fertig. Bin in meinen letzten Ferien. Und jetzt? Ich verbringe einen Großteil wartend. Ich genieße meine Freiheit zwischen Leuten, die ich nicht mag und die mich nicht mögen.

Die Zeit sollte genutzt werden. Ich werde trinken. Feiern. Ficken. Die Zeit sinnvoll füllen. Bevor ich zu müde sein werde. Zu müde vom Arbeiten. Zu müde vom „Ernst" des Lebens.

Fünf Minuten. Eine Kippenlänge. Zwei Minuten. Kippe aufgeraucht. Ich bin einfach zu optimistisch.

Doch da. Endlich. Im Lichte der Morgensonne kommt ein altes, vollgespraytes Ungetüm angekrochen. Quietschend und stöhnend öffnet es mir seine Pforten. Ich trete ein.

Kapitel 2

Der Sammler

Keiner sitzt neben ihm. Ich setze mich. Er stinkt. Pfandsammler. Hat wohl zu viel eigenes Pfand gesammelt. Ein altes Gesicht. Alte Schuhe. Alter Mantel. Alte Seele. Er nippt an einer Sangriaflasche. Party. Ich bitte ihn um einen Schluck. Er nickt und reicht mir die Flasche rüber. Die hat er gefunden. Fast voll. Er findet viel, wenn er sammeln geht. Er verliert viel mehr. Ich betrachte ihn. Sein Gesicht. Seine Lider hängen ihm schwer über den Augen. So, dass man diese nicht sehen kann. Die Schwärze ist auf seine Flasche gerichtet. Sein Gesicht ist gesprenkelt von Barthaaren und Pickeln. Sie scheinen um ihre Territorien zu kämpfen. Zwei gleichstarke Heere stehen sich gegenüber.

Wir kommen ins Gespräch. Ein durchaus sympathischer Typ. Eine Rarität. Er erzählt mir von seinem Leben. Hat viel erlebt. Doch das ist seine Geschichte. Der Bahnschaffner erzählt uns eine Geschichte eines anderen. Selbstmord. Hauptbahnhof. Mann springt vor Bahn. Wir können erst weiter, wenn der Polizeieinsatz beendet ist. Wir nippen an der Flasche. Das Abteil füllt sich. Die Flasche leert sich. Die Welt zieht an uns vorbei. Verächtliche Blicke streifen uns. Der Gestank stört das Individuum. Ihre Blicke stören uns nicht. Amüsant. Sie ärgern sich, wir freuen uns. Es ist herrlich.

Wir reden immer lauter und vergessen alles um uns herum. Die Bahnwache kommt und will uns rausschmeißen. Sie haben kaum das Abteil betreten und pöbeln schon los. Wir nehmen sie erst gar nicht wahr, bis sie uns an den Armen packen und uns ihr Pfefferspray vors Gesicht halten. Wir werden aus unserer Welt gerissen und müssen erst in ihrer ankommen. Ist scheiße hier. Der Sammler bekommt einen Schlag zwischen die Rippen. Sackt zusammen. Keucht. Ich bleib verschont. Wir werden aus der Bahn getragen. Es sind vier Securityschränke. Einer nimmt die Tasche mit Pfandflaschen und wirft sie aus der Bahn. Die Flaschen gehen zu Bruch. Tageslohn ist weg. Zwei von ihnen schlagen auf den Sammler ein. Mir wird nur weiter das Spray in die Fresse gehalten und gegrinst. Ich will dazwischen gehen und bekomme eine Faust in den Bauch. Die volle Blase macht sich bemerkbar. Ich gehe weiter und bekomme einen Hieb auf den Nacken. Gehe weiter und es bildet sich eine Wolke Pfefferspray um mich. Ich bin blind. Es brennt. Ich gehe zu Boden. Fäuste und Füße dreschen auf mich ein. Sie halten mich wach. Mein Kreislauf ist nun vollkommen im

Eimer. „Er läuft weg!", brüllt einer der Bahnwachen. Der Pfandsammler läuft. Flüchtet. Glaube ich. Ich sehe nur verschwommene schwarze Schatten tanzen. Stehe auf und versuche meine Augen weiter zu öffnen. Undeutlich sehe ich die vier Typen vor mir. Der Sammler ist weg. „So, du hast heute was gelernt und nun verpiss dich!" Ich erwische ihn mitten im Gesicht. Nase und umliegende Knochen knacken. Ich geh einen Schritt zurück, knie mich hin und kreuze die Arme hinter dem Kopf. Die Tritte brechen mir die Rippen und meine Eingeweide platzen.

Als ich wieder zu mir komme, steht eine Menschenmenge um mich herum. Glotzt. Gafft. Ich greife meinen Hut und grinse. „Ha, voll erwischt." Die Typen sind weg. Ich stehe mühsam auf. Kann mich kaum bewegen. Schleppe mich von der Menge weg. Muss pissen. Kann nicht, wenn man mir zuguckt. Ich geh um die Ecke und sehe wie der Sammler von Polizisten zugerichtet wird. Er wollte Hilfe holen. Sie sind sehr vertieft in ihre Arbeit. Engagiert am Werk. Ein Kunstwerk. Ich will mir eine Kippe anzünden. Alle zerbrochen. „Fuck!" Ich biege in eine Seitenstraße und pisse auf einem Kinderspielplatz. Als ich fertig damit bin, das Blut im Urin zu ignorieren, fange ich an die Bierflaschen vom Spielplatz zu sammeln. Zwei Taschen werden voll. Ich gehe zu dem Sammler, der rauchend auf dem Bordstein hockt und setze mich neben ihn. „Du siehst gut aus", keucht er mir entgegen. „Joa, ist gut versteckt." Sein Gesicht ist noch zugeschwollener. Er dürfte eigentlich gar nichts mehr sehen. Seine Pickel sind aufgeplatzt und verzieren sein Gesicht mit einer rot-gelblichen Masse. Haben verloren. Ich gebe ihm die Pfandflaschen und er mir eine Kippe. Alles beim Alten.

So langsam werde ich wieder müde und ich habe noch viel vor. Es ist erst Freitag. Ähm... Es war erst Freitag, demzufolge folgt nun ein Samstagabend. Mal gucken, was dieser Abend bringt. Ich beschließe, die fehlende Bahnstation zu Fuß zu gehen. Heutzutage wird Bahnfahren immer unsicherer. Ich verabschiede mich von dem Sammler und breche auf. Ich ziehe mein linkes Bein leicht hinterher und muss meine Magengegend mit einem Arm stützen, um meine Innereien nicht zu verlieren. Aber ich schaffe es nach Hause. Wieso wohnen alle immer ganz oben? Ich gehöre auch zu diesen Arschlöchern. Ich schleppe mich die Treppen hoch. Vierter Stock. Breche meine Tür auf. Fall ins Bett. Die Sonne ist immer noch da um mich zu nerven. „IST JA GUT, ICH HABE ES VERSTANDEN!!!"

Lege mir ein Kissen über den Kopf. Spüre, wie mein Handy vibriert. Ich greife um mich. Will das Kissen nicht verlieren. Da. Handy. SMS. „Guten Morgen! Na, alles fit? Ich hoffe, ich hab dich nicht geweckt! Du hast wohl nicht etwa meinen Geburtstag vergessen? Ist zwar noch ein paar Tage hin, aber sicher ist sicher. Wann fängt dein neuer Job nochmal an? Ich meld mich! Hau rein." Warum hältst du mich vom Schlafen ab, wenn du dich eh nochmal meldest. Schon wieder saufen. Eine neue Aufgabe. Zeitfüller.

Ich will nur noch schlafen. Ich will nichts mehr trinken. Das Handy rutscht mir aus der Hand. Liege. Ich bin so weit. Ich kann nicht pennen. Die Ruhe stört. Ich mache die Glotze an. Zappe. Nein. Nein. Nein. Mir fallen die Augen zu und ich schlafe ein.

Kapitel 3

Superstar

Sie humpelt auf die Bühne. Ein Schritt nach vorne und zieht dann das andere Bein hinterher. Ein Arm ist länger als der andere. Eine Gesichtshälfte hängt leblos runter. Sabber rinnt aus dem Mund. Haare über den Kopf gekämmt. Sollen die Glatze verdecken. Endlich kommt sie in der Mitte der Bühne an. Die Menge tobt. Scheinwerfer werden auf sie gerichtet.

Sie ist im Finale einer Castingshow. Keine Ahnung, was sie kann. Ihr größtes Talent ist es, vom Leben gefickt zu werden. Ein Meer aus Plakaten mit ihrem Bild drauf füllt den Saal. Die Zuschauer sind am Ausrasten. Fans. Die Scheinwerfer werden auf die Jury gerichtet und diese bittet die Frau anzufangen.

Der Saal wird ruhig. Alles starrt gespannt auf sie. Erwartungsvoll. Leer. Dumm. Hand in der Hose. Quote. Vor der Glotze ergötzen sich notgeile Idioten an dieser Schöpfung der modernen Fernsehunterhaltung.

Sie fängt an zu schreien. Blut tränkt ihr Kleid. Ihr Unterleib. Das gab es noch nie. Live. Sie erleidet eine Fehlgeburt und die ganze Fernsehwelt ist dabei. Sie stürzt zu

Boden, die Quoten steigen. Rekord. Sie rollt auf dem Boden herum. Minuten verstreichen. Dann wird genickt und ein Arzt darf die Bühne betreten. Er stellt ihren Tod fest. Eine Trage wird auf die Bühne geschafft und unter tosendem Applaus wird sie von der Bühne getragen.

Scheinwerfer auf die Jury. Das Urteil wird erwartet. War scheinbar sehr gut, jedoch kam das Final zu schnell. Das Publikum buht die Jury aus. Sie sind begeistert. Quoten steigen.

Das Blut ist von der Bühne gewischt und ein kleines Kind betritt die Bühne. Sechs oder sieben Jahre alt. Die Eltern hinter der Bühne haben Schaum vorm Mund. Wittern die Millionen. Er nichts. Sie nichts. Es alles. Die ersten Auftritte des kleinen Kindes spülten schon tausende von Euros in ihren Geldbeutel. Nun wollen sie die Millionen knacken. Das Kind hat seit Tagen nicht geschlafen. Wurde von Talkshow zu Talkshow geprügelt.

Die Scheinwerfershow signalisiert dem Kind, dass es anfangen kann. Es ext drei Liter Spiritus in einer Minute und fährt dann dreimal auf der Bühne mit seinem Dreirad hin und her. Kotzt ins Orchester und stellt sich dann bewertungsbereit vor die Jury. Bester Kinderauftritt. Es kann stolz sein, im Finale zu sein. Nun muss es aber von der Bühne. Gesetze zwingen das Kind um 22 Uhr im Publikum Platz zu nehmen. Dort reden die Eltern auf das Kind ein, was es besser machen muss. Grinsen in die Kameras und drücken ihm eine Spritze in die Venen, damit es fit ist.

Ein Mann stürmt die Bühne und ballert mit einer AK-47 ins Publikum. Projektile treffen die Menschen. Die Jury. Der ersten Jurorin bricht eine Kugel Zähne raus, bohrt sich in den Gaumen. Verteilt ihr Hirn auf das Publikum hinter ihr. Diese reiben sich mit den Einzelteilen ihres Idols ein. Grölen noch lauter vor Begeisterung. Dem dritten Juror öffnet eine Kugel die Halsschlagader. Eine Fontäne färbt seine Fans rot. Wahre Nähe zu den Anhängern. Die Zuschauer vergewaltigen sich vor Begeisterung.

Der Mann hat keine Munition mehr. Ruhe. Er lässt seine Waffe fallen. Streicht seine Haare glatt. Zupft an seinem Jackett. Jetzt wird er nervös. Er steht vor dem übriggebliebenen Juror. Wartet. Der steht auf. Klatscht in die Hände. Der Saal tickt aus. Sieger. 100% der Quoten. Weltherrschaft.

Ich mach die Glotze aus und verlasse meine Wohnung. Es ist Weihnachten und das traditionelle Weihnachtsbesäufnis hat schon begonnen. Draußen. Feuerwerk. Die Menschheit hat einen neuen Helden. Nächste Woche beginnt die neue Staffel.

Wieso ist schon Weihnachten? Wie ist eigentlich mein neuer Job? Ich habe noch Ferien. Brauche Programm.

Ich betrete die Straße und stehe vor dem Haus meiner Eltern. Dort erwische ich ihn. Großer Sack. Roter Mantel. Rote Mütze. Langer, weißer Bart. Fummelt am Türschloss herum. Hektisch. Nervös. Ich komme näher. Bart ist grau und nicht weiß. Seine Mütze sind in Wirklichkeit seine roten, struppigen Haare. Sein Mantel ist eine schmutzige, vollgepisste, stinkende Decke. Sein Sack ist eine leere Plastiktüte. Sein Mythos sind unsere Hoffnungen.

Ich schiebe meinen Schlüssel ins Schloss. Er schreckt zurück. Ich bitte ihn rein und wir leeren einen Kasten. Wir sind betrunken und beschließen den Abend zu beenden. Er verlässt das Haus. Sein Sack gefüllt mit Träumen und Wünschen. Sie zappeln. Man sieht sie ihre kleinen Arme gegen die Plastikwand drücken. Er schlägt dagegen. Stille. Torkelt davon.

Als ich aufwache, ist es schon wieder dunkel. Der Fernseher ersetzt die Sonne und spendet Licht. Ich muss mir abgewöhnen mit angeschaltetem Fernseher einzupennen. Zu viel Einfluss. Zu viel. Zu viel für einen kleinen Menschen wie mich. Schlechte Träume. Schlechtes Karma. Der Weihnachtsmann aus einer Cola-Werbung winkt mir zu. Ich ziele mit der Fernbedienung zwischen seine Augen. Zapp. Tot. Ruhe. Wir haben Sommer.

Ich ziehe meine Schuhe aus. Streife meine Hose von mir sowie die restlichen Klamotten, die noch an mir kleben. Gehe in die Küche. Nahrungsaufnahme. Die Haustür steht offen. Frisch sanierte Wohnung. Auf dem neuesten Stand. Tür fällt nicht richtig ins Schloss. Ich knalle sie zu. Spanne die Kette ein. Schließe ab. Ich schiebe eine Pizza in den Ofen und gehe duschen. Wenn ich zu lange mit dem Essen warte, bleibt es nicht drinnen. Also bring ich es schnell hinter mich. Mir ist nicht nach Essen. Mir ist schlecht. Aber es ist ein Teil meines Aufbauprogramms. Muss heute Abend fit sein. Muss gleich fit sein. Muss gleich wenigstens stehen können. Ich habe nicht mehr viel Zeit. Aus gut zwei Wochen werden knapp zwei Wochen.

„Der Schlaf hat meine Wunden geheilt", denke ich überrascht, als ich im Bad in den Spiegel gucke und nur eine aufgeplatzte Unterlippe und ein paar wenige blaue Flecken am Körper entdecken kann. Oder die Embryonalhaltung schützt ausreichend vor dem Gliedmassenhagel. Mein Unterarm ist umhüllt von getrocknetem Blut. Scherben haben sich in jeden einzelnen Buchstaben meines Tattoos gebohrt. „Freiheit" kann man aber noch erkennen. An den Seiten hat das gekritzelte Wort Flügel. Mit den Narben wirkt es authentischer.

Unter der Dusche kann man nicht rauchen. Versuchstag: 476. Bin wieder nur bis zum dritten Zug gekommen. Der Abfluss zieht den wertvollen Tabak in sein Reich. Teures Rattengift.

Sünden von mir gewaschen. Bereit für den nächsten Abend. Verzweifelt versuch ich mir fast eine halbe Stunde lang die Pizza einzuverleiben. Mindestens ein Liter Wasser gehört ebenfalls zu der Prozedur. Ein grausames Martyrium, welches von ausgeprägten Autoaggressionen zeugt.

Magen ist gefüllt. Es bleibt sogar vorerst drinnen. Hervorragend. Ich bin obendrein bei meiner zweiten Literflasche Wasser angekommen. Anzahl der eingeworfenen Kopfschmerztabletten: Null. Perfekt. Es kann also weiter gehen.

Ich zieh mir meine Stiefel an. Setze meinen Hut auf. Streif mir eine frische Uniform über. Verzichte auf einen Blick in den Spiegel und gehe los. Heutiger Programmpunkt: Auswirkungen demokratischer Handlungsweisen auf ein diktatorisches, kapitalorientiertes Führungsorgan. Oder so ähnlich. Nochmal etwas für die Gesellschaft tun, bevor ich in ihr untergehe. Nach dem Duschen erblicke ich eine Nachricht auf meinem Handy: „Demo 20 Uhr! Treffen uns an der Kreuzung so und so..." Ich habe eh keinen Orientierungssinn. Also hin da.

Ich lasse mir Zeit. Genieße die frische Luft. Klar kommen. Ich gehe lieber zu Fuß als wieder Massentransportmittel zu missbrauchen. Dauert zwar länger, aber ich bin ausgeglichener. Es ist ein schöner Abend. Leichte Wolken ziehen über den Himmel. Der Mond strahlt durch sie durch. Es ist warm. Hin und wieder kommt eine Windböe und kühlt einen ein bisschen ab. Mein Handy vibriert immer wieder und brüllt mich an, wo ich denn bleibe. Ob ich jetzt ran gehe oder nicht, befördert mich auch nicht schneller zu ihnen. Die Ruhe vor dem Sturm genießen. Einmal kurz aus der Hektik ausbrechen und genießen. Das darf drin sein. Muss.

Kapitel 4

Gegenwehr

Sinnesüberreizung. Ich schlängle mich an den Milliarden Menschen vorbei, die ausgerechnet heute alle ihre Häuser verlassen müssen. Mein Gehirn ist noch nicht ansatzweise dazu fähig, die gesendeten Informationen angemessen zu verarbeiten. Überforderung. Panik. Ich will ins Bett. Nur noch mein Pflichtbewusstsein hält mich auf den Beinen. Da sind meine Freunde. Die haben sicher Bier. Ich habe nur eins. Die Menschenanhäufung lichtet sich langsam. Ich betrete den Kriegsschauplatz. Demo. Verlasse den Sonderschlussverkauf.

Wie Geier stürzen sie sich auf die vergammelten Überreste von Menschlichkeit. Graben ihre Krallen in die Wangen der Menschen. Reißen deren Mäuler auf und spähen mit ihren langen Hälsen nach Geld und Macht im Schlund der anderen. Kriegsreporter. Sie laufen hin und her. Hoffen das es kracht. Wollen Blut. Am besten Tote. Ich steh am Rand. Kippe im Mund. Schmerzen im Kopf. Einer nähert sich. „Kann ich sie interviewen? Was ist hier los? Wie finden sie das? Heute schon jemanden misshandelt?" Er sabbert mir auf die Stiefel. „Ich hab was

Besseres für sie!" Ich nehme seine Kamera und werfe sie auf den Boden. Sie zerspringt. Er guckt mich zufrieden an und fängt an zu schreiben. Er hat seine Story. Er verpisst sich. Braucht sicher erst mal Taschentücher.

Ein Bulle tippt mich von hinten an. Voll kostümiert. „Ich hab alles gesehen. Das geht so nicht, junger Mann!" Er nimmt den Helm ab und fragt nach einer Kippe. Ich nicke, gebe ihm eine und stecke mir auch gleich eine neue an. „Demonstranten gegen Polizeigewalt, Polizisten gegen Gewalt von Demonstranten und die sind die Maden in der ganzen Scheiße", sagt er, als er sich die Kippe an-steckt. „Ich hab Kopfschmerzen. Die sollen mal leiser sein. Funk das mal", bitte ich ihn. Er guckt mich an. „Nächste Straftat. Einen Bullen zu duzen kann bis zu 300 Euro kosten."

„Fick dich!", sag ich ihm schmunzelnd, während ich das Bier aus meiner Tasche hole. „Anders ist das hier ja nicht zu ertragen. Auch nen Schluck? Es sind um die 30 Grad. Musst schwitzen wie Sau. Das Bier ist eiskalt und erfri-schend."

„Ich bin im Dienst! Ich darf nichts trinken!" Sein Blick fällt auf die Flasche. Blitzt auf. Sieg.

„Ich weiß, ich wollt dich nur ärgern. Feind! Hab gewon-nen." Ein schelmisches Grinsen überzieht mein Gesicht.

Er bekommt einen Funkspruch und zieht ab. Meine Rebellion war erfolgreich. Der Widerstand hat begonnen. Ich gucke mir das Spektakel weiter an. Demonstranten legen ein Feuer. Polizisten greifen ein. Demonstranten regen sich auf und werfen mit Flaschen. Die Bullen werden sauer und schlagen auf die Demonstranten ein. Die Demonstranten dulden keine Polizeigewalt und setzen sich zur Wehr. Keiner weiß noch wogegen demonstriert wird oder wurde. Ich glaub, ob Grundschüler nun zwei Monate länger oder kürzer zur Schule gehen sollen. „NICHT MIT MEINEN BALDIGEN STEUERGELDERN!", schallt mein Freiheitsdrang.

Bullen dreschen auf Kinder ein. Eine Rentnerin wird umgehauen. Alles Staatsfeinde. Alle reagieren sich blind an irgendwas ab. Es gibt viele Verletzte auf allen Fronten. Sinnlose Opfer. Von sinnlosen Befehlen. Von sinnlosen Ideen. Sinnlosen Gedanken. Sinnlosem Dasein.

Meine Leute winken mir zu und nähern sich. Cool, Gesellschaft. Auf dem Weg wird ein Mädchen von einer Flasche am Kopf getroffen. Sie bricht zusammen. Demonstranten gegen Passanten. Demonstranten gegen Demonstranten. Alles Idioten. Alle gegen alle. Hauptsache dagegen und das auch produktiv zeigen wollen. Wir sind dagegen, dass die Bahn immer teurer wird. Darum machen wir die Bahn kaputt, damit die noch mehr Geld ausgeben können und das holt sie sich von uns. Ein Erfolg. Das Mädchen bleibt regungslos liegen. Man sieht Scherben aus ihrer Schläfe ragen. Blut läuft ihr über die Augen, die Nase, zu Boden. Sie wollte eigentlich gar nicht mit. Sie steht nur so auf Ratte. Sie hat immer zu Ratte aufgeschaut. Ein Rebell. Ein Mensch, der scheinbar mit allem klar kommt. Ein Typ mit einer Gruppe. Ihre Oma ist vor Kurzem verstorben. Diese hasste ihre eigenen Kinder. Sie vererbte dem Mädel die Millionen. Um ihren eigenen Kindern ihren Hass zu demonstrieren. Nun wird sie von ihrer Mutter gehasst. Sie sucht Zuflucht bei Ratte. Ist überfordert. Weiß nicht wohin. Der scheint das Leben zu kennen. Scheint stark. Ich weiß nicht, warum Ratte dabei ist. Er ist auch nur ein Mitläufer. Doch wir genießen, dass zu uns aufgeschaut wird.

Ratte hat mittlerweile die Flaschenwerfer geortet und meine Leute beulen sich mit den Leuten. Das Mädel liegt einsam und blutend am Boden. Ich gucke ihr beim Sterben zu. Kann nicht helfen. Bullen sehen sie und wollen sie zu einem Krankenwagen bringen. Die sich prügelnde Meute bekommt dies mit und verbündet sich. „Polizeigewalt!!! A.C.A.B.!!!!" Zusammen stürmen sie auf die Beamten los. Die Bullen müssen sich beeilen, fliehen, schützen, und rennen los. Dabei fällt das Mädel runter. Prallt wieder mit dem Kopf zuerst auf. Schädelbruch. Hirnblutungen. Tod. Das Mädel stirbt als Heldin und Symbol der Freiheit. Ich will wieder nach Hause.

Am nächsten Tag steht nichts von ihrem Tod in der Zeitung. Am nächsten Tag steht in der Zeitung, dass Polizisten verletzt wurden und Chaoten randaliert haben. Am nächsten Tag brennt eine Bullenwache. Am nächsten Tag kann man für 20 € ein T-Shirt mit ihrem Gesicht drauf kaufen. Drunter steht „Freiheit!". Am nächsten Tag hängt ein junger Polizist, der den Kopf des Mädels gehalten hat, an einem Strick in seinem Wohnzimmer. Am nächsten Tag muss eine Bäckerei schließen, weil die Schäden zu groß sind. Am nächsten Tag findet ein kleines Kind in der Asche sein verkohltes Dreirad. Am nächsten Tag ist alles beim Alten. Der Aufstand geht weiter. Am nächsten Tag bleibe ich im Bett liegen.

Doch das ist morgen. Mein Plan nach Hause zu kommen gestaltet sich komplizierter als erwartet. Auf den Stress wollen einige meiner Leute erst mal ein Bierchen runter spülen. Sich aufregen. Reden. Sich auskotzen. Schuld suchen. Sie telefonieren. Meckern. Wohin? Ich habe nicht mehr viel Zeit. Mir egal. Los geht's.

Kapitel 5

Placebo

Antidrogenparty für Jugendliche. Ort: Jugendzentrum. Stimmung heiter. Draußen lassen sich die Kiddies mit allem Möglichen volllaufen. Drinnen werden sie ermahnt, da sie hackedicht sind. Dürfen dann doch rein. Gucken sich die Bands im Keller an. Packen ihr reingeschmuggeltes Bier aus und zünden sich eine Tüte an. Message ist angekommen.

Die Organisatoren sind irgendwelche heilige Christen. Die kennen das Leben. Die wissen, wogegen sie sind. Bibel sagt doof, also doof. Können nicht über den Tellerrand gucken, wissen aber, dass der Ort jenseits dieser Porzellanplatte böse ist. Interpretieren die aufflackernden Lichter als Höllenfeuer. Sie sehen aber nur die Lichter, welche über den kalten Rand am Himmel flackern. Idioten machen Partys für Idioten, damit sie neue Wege der Dummheit ergründen. Ein herrlicher Anblick. Der Zeitdruck zwingt mich hier her. Der Sinn liegt am Boden der Flasche. Also leer machen und gucken, was da unten liegt. Die Demo liegt schon weit hinter uns, am Rande der rasenden, rastlosen Zeit.

Es spielen unter anderem Punkbands. Also besteht ein Teil der Meute aus echten Punkrockern. Aus Alternativen. Antifas. Autonomen. Man sieht sie. Man sieht ihre Antihaltung. Ihren Hass. Gegen Repression. Gegen Kapitalismus. Gegen den Staat. Man sieht den Hass in ihren Augen aufblitzen. Man sieht ihn, wenn sie von ihrem Smartphone hoch blicken, um im Spiegel zu checken, ob ihre Frisur noch sitzt. Genau in diesem Moment kann man im Spiegelbild ihre Augen sehen. Und dort irgendwo liegt der Hass versteckt. Dann kommt eine SMS von Mutti. Sie müssen spätestens um 23 Uhr zuhause sein. Rebellion. Der Staat ist scheiße. Schnell eine Pulle Bier hinterher. Oder Korn. Dann kotzen und am Boden liegen. Erst 10 nach 11 zuhause. Hausarrest. Scheiß Repression.

Ich wandle zwischen den Alkleichen, Christen und Drogenrückständen zum Eingang. Ich bin hier nicht wirklich beliebt. Bin kein Punk. Mein Mantel passt nicht zum Klientel. Mein Hut verdeckt den Iro. Die Lederjackenfraktion wirft mir böse Blicke zu. Jacke mit bereits vorhandenen Nieten und Buttons: Kosten liegen bei circa 150 Euro. Original Springerstiefel: Kosten um die 120 Euro. Dann noch die üblichen Klischeeklunker: Noch mal um die 100 Euro. Punkrock. Sie bereden kurz, was ihre Meinung ist und sagen dann doch nichts.

Ich geh zu meinen Leuten rüber. Das Trinken beginnt. Die Zeit vergeht und immer mehr Leute begeben sich von der aufrechten Haltung in eine liegende Position. Wieder kommt Individualismus zu kurz. Alle liegen recht gleichförmig in abgewandelter Embryonalhaltung auf dem verdreckten Boden. Einige sind nicht mal besoffen. Das ist Punkrock. Jetzt noch ankotzen und der Ruf ist gerettet.

Ich habe begonnen, meine Arroganz runterzuschrauben und mich an die weiblichen Gegen-Drogen-Partygäste ranzumachen. Sie sind langsam abgefüllt genug. Aber mir ist heute nicht recht nach Trinken, so viel kann man kaum trinken. Bekomme nach kurzen Gesprächen stärkere Kopfschmerzen. Alle wollen sich tätowieren und piercen lassen. Alle finden das neue Punklied in den Charts voll toll. Alle reden das Gleiche. Die politischen Diskussionen setzen sich aus simplen Parolen wie „A.C.A.B" und „scheiß Staat" zusammen und sie wissen nicht mal warum.

Ein Kind kommt mit einer Sangriaflasche aus dem Jugendhaus und bietet mir ein Schluck an. Glatze. Springer. Hosenträger. Hemd. Also ein Skinhead. Müsste man von ausgehen. Er weiß es selbst nicht. Ich ex die Flasche. Überschätze mich. Knalle nach hinten die Treppen runter.

Das war zu viel. Ich setze mich auf den Boden. Wische mir das Blut aus dem Gesicht. Zünde eine Kippe an. Fange laut an zu lachen. Herrlich. Die Flasche ist heil geblieben. Ich bleib auf dem Boden sitzen und beobachte die Menschen. „Ficken! Saufen! Oi!" Ein Motto, das – richtig verstanden und gelebt – nicht verkehrt ist, jedoch diese Leute überfordert.

Ich gehe um die Ecke und pisse in die leere Flasche. Ich fülle sie. Überfülle sie. Wische mir die nassen Hände an meiner Hose ab. Ich schraube einen Deckel drauf und stell sie auf eine Bank neben dem Jugendhaus. Es dauert nicht lange, da wird sie von einem Partygast entwendet. Ratte. „Geil! Eine volle Flasche Sangria!!! OI! OI! OI!" Er rennt zu seiner neuen Freundin, welche ihm erst mal neues Haarspray in den Iro haut. Die beiden setzen sich kuschelnd auf den Asphalt. Die Flasche soll nur ihnen gehören. Sie freuen sich. Er will sie abfüllen. Dann kann er nachher mehr mit ihr machen. Er drückt ihr die Flasche an den Mund. Sie muss trinken. Er trinkt. Dann drückt er ihr die Flasche wieder ins Gesicht. Er kippt zu viel rein und es läuft aus ihrem Mund. Er will nichts verschwenden und küsst ihr die Flüssigkeit aus dem Gesicht. Dann nimmt er noch mal einen kräftigen Schluck. Sie freuen sich über das Gratisgetränk. „Geil! Das knallt!", lallt er vor sich hin. Er kippt ihr den Rest in die Leber und schmeißt die Flasche dann auf den Fahrradweg. Rebellion. Dummheit. Placebo. Das wird mir zu viel. Ich beschließe zu gehen. Ich verlasse das Gelände und greife dabei noch nach einer Tasche. Sie liegt neben zwei Schlafenden. Vier Bier sind noch drin. Ich stecke sie ein und schmeiße die Tasche ins Gebüsch. Überall liegen Scherben und Menschen. Wie Tretminen umlagern sie das Gebäude. Verhindern, dass der Glaube der Christen ohne Schäden von hier weg kommt.

Die Biere sind leer, als ich am Bahnhof ankomme. Die Bahn kommt. Keine Zeit zu pissen. Im Waggon setze ich mir meine Kopfhörer auf. Die Bahn ist voll. Keine Ahnung, wie spät es ist. Ich setzte mich in einen Vierer. Ans Fenster. Keine Sonne draußen. Alles dunkel. Düster. Man kann nicht raus gucken. Die Fenster spiegeln das Innenleben der Bahn. Neben mir sitzt ein junges Mädchen. Uns gegenüber ein Anzugträger und ein Buttonträger. Ich bin viel zu voll, um die Leute genauer zu identifizieren. Ich bleibe bei Oberflächlichkeiten. Keine Ahnung, wo ich bin. Will einfach nur sitzen.

Ein Typ tickt das Mädchen an. Sie nimmt ihre Kopfhörer raus. Ruhig sagt er ihr irgendwas. Er will ihr Geld. Ihr Handy. MP3-Player. Alles. Das Mädchen ist irritiert. Er fordert sie abermals auf. Er ist entspannt. Ausgeglichen.

Er ist mir sympathisch. Das Mädchen beginnt sich panisch umzugucken. Die beiden vor uns gucken krampfhaft weg. Sie blickt zu mir. Ich beobachte die Situation. Sie tippt mich an. Ich nehme genervt die Kopfhörer ab. „Guck mich nicht so an! Er meint dich und nicht mich!" Setze die Kopfhörer wieder auf und gucke aus dem Fenster. Am Horizont kann man die ersten Sonnenstrahlen sehen. Wie ein riesiges Feuer brennt es den Erdball nieder. Die Bäume tanzen um die Flammen. Das Mädchen von der Demo in ihrer Mitte. Ohne Kopfwunde. Ohne Leid. Sie ist wohlauf. Sie ist nun eins mit der Natur. Erfüllt ihre Pflicht und nährt den Boden für neues Leben. Hoffentlich wird es nicht niedergebrannt. Hoffentlich findet sie da ihren Sinn.

Ich bin froh, dass ich noch Ferien habe. Ausschlafen. Entspannen. Es ist Sonntagmorgen und ich glaube, ich brauch nach dem Wochenende erst mal eine Therapie. HA! Kann mich krankschreiben lassen und bekomme vielleicht noch ein paar Tage geschenkt. Habe noch keine Arbeitsunfähigkeitsversicherung.

Ich verschlafe den ganzen Sonntag und wache irgendwann am Montagmorgen auf. Ich will gar nicht wissen, wie früh es ist. Entweder ist es zu früh oder zu spät. Bei freien Tagen den richtigen Zeitpunkt zu finden um aufzustehen ist schwer. Ich raff mich auf und versuche den Fernseher aus zu lassen. Ich greif mir die Wasserflasche neben meinem Bett und versuche, auf dem vollgemüllten Tisch meine Pillen zu finden.

Kapitel 6

Wartezimmer

Pillen. Pillen. Pillen. Leer. Alle. Arzt anrufen. Brauche ein Rezept. Kein Bock im Wartezimmer zu hocken. Nette Frau am Telefon. Sie fragt, was ich will, und ich erzähle von meinem Rezeptbedürfnis. Sie muss mich erst vom linken Telefon aufs rechte schalten. Muss ja alles seine Ordnung haben. Ein Termintelefon, ein Rezepttelefon, ein Ist-eh-schon-zu-spät-komm-mir-nicht-zu-nah-Telefon. Ich soll mich auf den Weg machen, das Rezept liegt für mich bereit.

Angekommen muss ich erst mal die Praxisgebühr blechen. Das Quartal endet, aber dieses Stück Papier ist trotzdem noch 10 Euro wert. Und, wie war es anders zu erwarten, ab ins Wartezimmer. Das Ding muss erst vergoldet werden.

Eine bunte Mischung erwartet mich. Die Halbtoten glotzen mir entgegen. „Einer von uns", röcheln sie mir zu. Vielleicht war es auch nur „Guten Tag". Zwischen den roten, blassen, gelben, explodierenden Köpfen scheint ein buntes Gesicht aus der Masse. Der Raum ist überfüllt. Ein riesen Krankheitscocktail, in dem man badet und verseuchter rauskommt, als man reingekommen ist. Die Menschen schleudern einem ihre Leiden förmlich ins Gesicht. Sie werden kotzen, umkippen, sterben. Sie werden von innen von Bakterien und Viren zerfressen. Sie reißen sich zusammen. Sie müssen hier hocken. Bett wäre besser für sie, doch ihr Arbeitgeber braucht ein Attest. Sie sind Lügner. Man kann ihnen nicht trauen. Sie werden mit Pillen vollgestopft, die die Kopfschmerzen betäuben, dafür aber ihren Magen zerfressen. Nächsten Monat wieder zum Arzt. Ihr zerfressener Magen wird betäubt. Neue Pillen. Nun sind Nieren, Leber und die rechte Gehirnhälfte außer Gefecht. Dem Magen geht es gut. Tod.

Das Scheinen des bunten Gesichtes lässt mich nicht los. Eine junge Frau. Ein Mädchen. Top gestylt. Lippenstift. Wangenrouge. Augen betont. Kleidung abgestimmt und sexy. Das Wartezimmer ruft. Ein Laufsteg, bei dem sie nur gut aussehen kann. Sie ist mit Abstand der kränkste Patient in diesem Raum. In diesem Gebäude. Sie ist beim falschen Arzt.

Ihre Sitznachbarn husten und keuchen sich die Seele aus dem Leib. Er krallt sich an der Sitzlehne fest, in seinem Gesicht pulsieren die Adern. Einer älteren Frau entweicht, leicht zischend, ein Furz, der seinen Sinn voll und ganz erfüllt. Ihr gegenüber sitzt ein Typ mittleren Alters, dessen Kopf knallrot ist. Er wird sicher gleich explodieren und uns an seinem Innenleben teilhaben lassen. Sie ist sichtlich angewidert. Ihr Make-up kann dies genau wie ihre Anspannung nicht verbergen. Sie will hier wieder raus. Wir haben was gemeinsam. Ich hab angerufen und alles vorbestellt und muss hier trotzdem schon 18 Minuten warten und mir die Pest holen.

Sie regt sich. Ihr Arm hebt sich und da kommt es. Das Zeichen. Sie ist eine von uns. Neben den keuchenden und kotzenden Gorillas, entweicht ihr ein Räuspern, ein kleines Husten, ein Elfenfurz. Sie ist beschämt.

Ich werde aufgerufen, bekomme das Rezept und darf gehen. Kein Geld mehr für die Pillen. Der Arzt hat mir mein Erspartes entrissen.

Ich zwänge mich durch den engen Flur nach draußen. Acht Stockwerke runter. Menschen kommen mir entgegen. Streifen mich. Ich spüre, wie ich immer kränker werde. Unten angekommen kann ich sicher gleich weiter unter die Erde.

Alle fünf Stufen begegnet mir ein nicht „Rauchen verboten"-Schild. Genau. Kippen brauch ich noch. Pillen und Tabak. Die Tabak-Lobby muss Millionen dank dieser Schilder machen. Überall weisen sie dich drauf hin, dass es ja so etwas wie Kippen gibt. UND DANN AUCH NOCH VERBOTEN. Wie cool ist das denn. Besonders bei Jugendlichen und Kindern sehr beliebt. Zigarettenwerbung wird verboten. Dafür kommen diese Schilder. Spart der Lobby Geld. Staat zahlt Werbung. Top. Der Alkoholkonsum der Kinder und Jugendlichen ist drastisch gesunken. Alkoholverbot in der Bahn. Der Verbrauch steigt.

Ich überzieh mein Konto und bin nun im Besitz meiner Laster. Ich bleibe stehen. Denke nach. Hebe nochmal was ab. Ich arbeite bald. Das wird schon wieder reinkommen.

Kapitel 7

Die letzten Christen

Sonne scheint. Es ist warm. Heiß. Perfektes Wetter für Behördengänge. Da ich eh schon wach bin, kann ich auch was Sinnvolles machen. Sie haben nur bis 12 Uhr offen. Lassen einem nur ein kleines Zeitfenster, um aus der Kirche auszutreten. Haben nicht damit gerechnet, dass ich mich aufraffe.

Ich verdiene bald Geld. Die Kirche will 9 % meiner Steuerabzüge. 9 % für eine imaginäre Person. Glaubenszoll. Um diese 9 % in meine Tasche fließen zu lassen, muss ich austreten. Wer nicht zahlt, den wollen sie nicht haben. Glauben ist teuer geworden. Ich kauf mir die Erlösung. Dafür gibt's Bonusleistungen. Eine schlechte Tat im Monat. Verkauf dein schlechtes Gewissen. Dann können sich die Priester und Bischöfe schalldichte Keller bauen lassen.

Das Wetter ist herrlich. Kaum Wolken am Himmel. Nur die Sonne. Ich wusste gar nicht, dass ein Morgen so schön sein kann. Wird Gott mich dort gesund ankommen lassen? Wird er zulassen, dass ein Untergebener den Weg des Herrn verlässt? Ich rechne jede Sekunde mit einem Blitzschlag. Einem Auto, das mich umfährt. Die Wege des Herrn sind unergründlich. Dann müsste er mich aber im Himmel ertragen. Er wird es geschehen lassen. Gleich nachdem ich ausgestiegen bin. Damit ich gleich sehe, wo ich gelandet bin. Hölle. Da bin ich schon. Ich gehe beruhigt weiter.

Die Bahn kommt sofort. Ich setze meinen Weg schnell fort. Zum Standesamt. Als ich ankomme, wird gerade geheiratet. Ich glaub, ich bin auf zwei bis drei Fotos mit drauf. Ab in deren Familienalbum. Es gibt ja Fotobearbeitungsprogramme.

Ich muss nach ganz oben. Ein versteckter Raum erwartet mich. „Austritt aus Kirche" steht an der Tür und Rentner warten davor auf einer Bank auf irgendwas. Verächtliche Blicke versus mein Grinsen. Welch ein Hobby. Die haben Probleme. Ich weiß nicht, ob sie ihre Augen so zukneifen, um ihren Hass zu verdeutlichen, oder weil sie einfach kaum noch was sehen können.

Als ich reingehe, erwarten mich drei Frauen. Eine junge, leicht naiv wirkende, eine verbittere alte Hexe, die mich scheinbar gleich töten wird und ein fettes, schwitzendes, schnaufendes Etwas. Das Fett der Dicken umschlingt ihren Stuhl. Lässt ihn nicht los. Ich hab das Gefühl, dass die Hexe mich jede Sekunde anspringt und aufspießt.

Alles an ihr ist spitz. Spitze Hakennase. Spitzes Kinn. Spitze Augenbrauen. Spitze Titten. Eine eiserne Jungfrau. Konservativ und hinterhältig. Die Junge bittet mich Platz zu nehmen, während die Hexe mich grimmig anstarrt und die Fette weiter herumschnauft.

„Sie wollen also aus der Kirche austreten?", fragt mich die Junge. Sie sitzt steif auf ihrem Stuhl. Augen weit geöffnet. Der Mund nur ein neutraler Strich. Keine Emotion erkennbar. Arbeitsmodus.

„Jupp! Dieses Glaubensgeschäft ist zu teuer. Investiere ich liebe in Bier und Drogen. Akute Hilfe und nicht so verurteilend."

„Mhm… aha… okay. Haben sie ihren Personalausweis und ihre Geburtsurkunde dabei?", fragt sie mich mit einer ebenso neutralen wie emotionslosen Stimme.

„Ja, Perso hab ich, aber die Geburtsurkunde? Sehe ich Ihnen nicht real genug aus? Checken, ob ich wirklich geboren wurde und nicht der Anti-Christ bin?", scherze ich.

Ihr Humor wurde wohl von der Hexe absorbiert. Isoliert. Verbrannt. „Wurden sie in Hamburg geboren?"

„Jupp." Ich nicke stolz.

„Dann brauchen sie keine vorzuzeigen. Geben sie mir

bitte Ihren Personalausweis."

Ich gebe ihr den Perso und guck mich im Raum um. Steril. Weiß. Eine super Arbeitsatmosphäre. Das Schnaufen der Fetten lenkt meine Blicke zu ihr. Sie hockt an einem separaten Schreibtisch und guckt sich kurze Clips im Internet an. Sie schnauft, keucht und lacht. Sie ist scheinbar überfordert, da diese drei Tätigkeiten sie zum Husten zwingen. Ich hab das Gefühl, dass sie jede Sekunde sterben wird. Dann wird sich die Hexe auf sie stürzen und verspeisen, während die Junge mich weiter bedient.

Sie guckt sich einen Schlangenbeschwörer an, der halb verhungert irgendwo in den Tiefen Indiens oder sonstwo hockt und Flöte spielt. Plötzlich springt die Schlange aus dem Korb und beißt ihm ins Gesicht. Die Fette kann sich kaum noch halten. Grunzt vor sich hin. Verschluckt sich. Hustet und grunzt weiter.

Die Junge lenkt meine Aufmerksamkeit wieder auf sich. „Aus welcher Religion wollen sie austreten?"

„Aus allen."

„Sie sind doch bei einer bestimmten Religionsgemeinschaft gemeldet. Bei welcher?", fragt sie unberührt, aber immer noch freundlich. Die Maske nicht verrutschen lassen. Ich bin Kunde. König. Ich hasse Behörden.

Alles Arschkriecher, die dich in den Arsch ficken, sobald du dich einmal umdrehst. Ihr Kopf und Schwanz dringen abwechselnd in dich ein.

„Ähm… Keine Ahnung! Was gibt's denn zur Auswahl? Bin da variabel."

„Wurden sie getauft? Konfirmiert? Gefirmt? Beschnitten?", sagt sie teilnahmslos und blickt mir hohl ins Gesicht.

„Mir wurde gesagt, dass ich getauft wurde. Und Firmung oder so hatte ich und Kommunion. Und ich wäre der Meinung, dass ein Pastor mich mal unsittlich berührt hat, falls das weiterhilft." Ich hab gute Laune. Ihre ist nicht erkennbar. Ausgebrannt oder angeboren? Sie redet weiter. „Ich ignoriere mal ihren letzten Satz. Firmung usw. hört sich katholisch an. Wissen sie, welche Art des Katholizismus?"

Ich fordere wieder eine Auswahl und entscheide mich für römisch-katholisch. Sie tippt.

Die Hexe starrt immer noch. Ich grinse sie an. Sie guckt verächtlich runter. Gewonnen. Die Junge reicht mir einen Zettel, welchen ich unterschreiben soll. Ich mach meine drei Kreuze und schiebe ihn ihr wieder zurück. Sie ist hier scheinbar keine Autorität und gibt den Zettel der

Hexe. Sie hat ihr Starren wieder aufgenommen. Nimmt den Zettel. Stempelt. Unterschreibt. Ohne drauf zu gucken. Sie starrt mich weiter grimmig an. „Was für ein Job...", denk ich mir.

Nun wird mir eine Chipkarte gereicht. „Diese müssen sie unten in den Automat schieben und 31 Euro zahlen. Dann kommen Sie mit der Quittung wieder."

„Wie, 31 Euro?! Wofür das denn? Ich wollte nie in den Verein und nun soll ich zahlen, um wieder raus zukommen? Die schröpfen ja aus allem Geld. Erst das kleine Zeitfenster und dann noch Geld, soll ja nicht zu einfach werden. Wir sollen unseren Fehler spüren, wa?!" Theatralisch stupse ich mit meiner Faust ihren Schreibtisch an. Ziehe mir meinen Hut tiefer ins Gesicht und gucke skeptisch.

„Das sind Bearbeitungsgebühren usw.!" Sie schafft es zu reden, ohne dass sich auch nur eine Falte in ihrem Gesicht rührt.

„Aha!" Ich betrachte sie. Schaue mich um. Und guck mir das „Bearbeiten" an. „Was für ein Schwachsinn! Nur Reiche können sich trauen gottlos zu sein", sag ich, während ich rausgehe und die Treppen runtertrotte.

Ich geh am Automaten vorbei. Eine Straße weiter ist eine

Kirche. Vielleicht werfen die mich ja noch raus, dann muss ich nichts blechen. Ich werde gegen die Kirche pissen, mich volllaufen lassen, randalieren, den Pastor bespucken, die Wände vollschmieren. Ich werde rausgeworfen! Als ich bei der Kirche ankomme, ist gerade ein Morgengottesdienst zu Ende und die Meute versammelt sich vor der Kirche. „Scheiße, ist das früh", verzweifelt meine innere Uhr. Ich will gerade zur Tat schreiten, als ich sehe, wie eine Mutter ihr Kind schlägt, weil es an seinem Sonntagsanzug herum zerrt. Der Vater steht im Kirchenbeet und strullert auf die Stiefmütterchen. Bei den Jugendräumen hängen weitere Kinder der Kirchgänger ab. Am Buffen, Saufen und Beschmieren der Wände. Ich sehe meinen Plan scheitern. Ich wette, die Ministranten lecken sich gegenseitig die Ärsche sauber und werden dabei vom Diakon gefilmt. Der Pastor steht rauchend vor der Kirche und verabschiedet sein Gefolge. Kippe danach. Ich betrachte das ganze Geschehen. Die Alten. Die Jungen. Die Eltern. Ich drehe um und rufe meine Eltern an. Fordere die Erstattung des Geldes. Sie haben mich in diesen Verein geholt, sie sollen auch zahlen, wenn ich ihn verlasse. Sie stimmen widerwillig zu und versuchen mich noch einmal zu überreden, in der Kirche zu bleiben. So findet man später bessere Jobs und einige nehmen einen nur, wenn man in der Kirche ist usw. Alles intolerante Wichser, denk ich mir und sage ihnen, dass ich bei solchen Leuten gar nicht arbeiten will.

Ich rauche noch eine, überzieh mein Konto weiter und gehe zum Automaten. Der Automat gebiert den Zettel und ich geh wieder hoch. Lass mich wieder anstarren. Verurteilen. Werde gefragt, warum das so lange gedauert hat und antworte, dass ich Gott um Geld gefragt habe, aber seine Sekretärin meinte, er sei gerade im Urlaub. Ich bekomme irgendwelche Unterlagen und verzieh mich. Draußen werde ich wieder auf einigen Fotos festgehalten. Neue Hochzeit. Das geht hier mechanisch. „Sakramente zu verkaufen!", höre ich Gott rufen, der seine Urlaubskasse aufbessern will.

Ich mach mich auf den Weg zur Bahn. Verpasse sie knapp. Es fängt schon an. Mit einem Finger schiebe ich meinen Hut höher, gucke gen Himmel und beschließe, dass es super Wetter ist, um zu Fuß nach Hause zu gehen.

Kapitel 8

Im Park

Ich gehe die Straße entlang. Habe mir die Gegend hier noch nie richtig angeguckt. Dicht besiedelt. Jedes vierte Haus wird renoviert. Profit. Stadt finanziert die Umbauten mit Zuschüssen. Miete steigt um 200 %. Stadt erhöht die Steuern. Arm wird ärmer. Reich wird reicher. Ich beschließe einen Park zu suchen. Nachdem ich scheinbar dreimal im Kreis gelaufen bin, werde ich fündig. 120 Quadratmeter Grün, umzingelt von Milliarden Quadratmetern kalten Betons. Kleine Wege aus Steinplatten fressen sich wie Bakterien durch den Rasen und zeigen uns an, wo man hintreten darf.

Ruhe. Stille. Frieden. Ich setze mich auf eine Bank. Atme tief durch die Nase ein. Sauerstoff. Erbrochenes. Ich setze mich eine Bank weiter. Halt! Umschauen! Steh schnell wieder auf. Kein Erbrochenes. Bisschen Graffiti. Aber das ist okay.

Ein Schwarm Walker zieht an mir vorbei. Wettstreit. Wer kann schneller gehen. Kunibert – jedenfalls sieht er aus wie ein Kunibert – walkt an der Spitze. Schweiß rinnt ihm aus dem Gesicht in seine Joggingjacke. Sein Blick – starr nach vorne gerichtet. Augen – zusammengekniffen. Die Angst zu Versagen tarnt sich als Ehrgeiz. Doch da! Gertrude holt Schritt für Schritt auf. Mit 0,004 km/h ziehen sie an mir vorbei. Dann folgt der Rest der Gruppe. An Spannung kaum zu überbieten. Diese Eleganz und Leidenschaft. Ein Ball rollt an ihnen vorbei und verunsichert sie kurz. Kuniberts Konzentration lässt für eine Sekunde nach. Gertrude wittert ihre Chance und überholt. Kunibert spannt alle Muskeln an und walkt um sein Leben. 0,005 km/h. Ein kleiner Junge rennt an ihnen vorbei und holt seinen Ball. Er schießt. Der Ball verlässt seine vorbestimmte Route und rollt vor meine Füße.

„EY! PASS AUF, JUNGE!! WIR WALKEN HIER!!! UNVERSCHÄMTER BASTARD!!!", pöbelt der frustrierte Kunibert den Jungen an. „RESPEKT!! SCHON MAL WAS DAVON GEHÖRT?!" Das Rumheulen kostet ihn zu viel Energie. Der Rest der Gruppe walkt an Kunibert vorbei. Sein Ansehen in der Gruppe ist für immer hin. Täglich hat er trainiert. Frau und Kind vernachlässigt. Job vernach... . Nein seinen Job hat er nicht vernachlässigt. Er ist GEMA-Kontrolleur. Das darf er nicht vernachlässigen. Und nun... Verkackt. Er hört auf zu walken und geht auf den Jungen zu. Seine Augen nun weit aufgerissen. Packt den Kleinen am Kragen. „DU..."

Patsch. Der Ball trifft und fegt ihm sein Toupet vom Kopf. Er torkelt kurz zurück, kann sich aber halten. Verwirrt schaut er sich um. Was war das? Woher? Wie? Zu viele ungeplante, unkontrollierte Ereignisse überfordern ihn.

„Ey! Ein bissel mehr Respekt vor der Zukunft!!", ruf ich ihm winkend zu. Er guckt wie ein Kater, der einem Lichtstrahl gegen eine Wand gefolgt ist, dreht sich um und joggt davon. Ich geh zu dem Kind und will gerade fragen, ob alles okay ist, als sich noch ein „Arschloch!!!" sich durch die Gassen der Stadt drängt. Kuniberts Sieg gegen die Jugend. Das schreibt er gleich auf sein Blog. Auf seinen Grabstein. Rambo war ein Scheißdreck dagegen.

Der Junge hat mit dem Thema, sofern es ihn überhaupt gejuckt hat, abgeschlossen. Er setzt sich das Toupet auf und brüllt: „ICH BIN EIN WILDER KERL!!!" Das blonde Teil setzt sich deutlich von seiner braunen Mähne ab. Er rast zum Ball und kloppt ihn zu mir. „Ha! Ich mach dich fertig!! Ich fummle ihm den Ball ab und er verschränkt die Arme, zieht die Mundwinkel nach unten und jammert: „Das war unfair! Du bist blöd!"

„Komm, nimm ihn mir wieder ab. Das schaffst du", versuche ich ihn aufzubauen. Er stapft auf mich zu. Arme immer noch verschränkt. Böser Blick. „NEIN! Du bist doof." Bewegung. Mit einem schnellen Tritt entreißt er

mir den Ball und rennt ihm hinterher. „Verarscht!",
grinst er, rast weiter und fummelt an Phantasiegegnern
vorbei.

„Danke. Ich hab mir grad eine gedreht und hab gar nicht
mitbekommen, dass so ein Arsch Ben angemacht hat",
hör ich auf einmal hinter mir. „Ich bin Lena." Ich dreh
mich um und bekomme eine Hand entgegen gestreckt.
Sanfte Lippen lächeln mich an. Nussbraune Augen
schauen mich an. Paralysieren mich.

„Hi", stottere ich und bin erst mal perplex. Ein echt
schönes Mädel steht mir gegenüber. Sie wischt sich ihre
kinnlangen Dreads aus dem Gesicht und reicht mir
abermals die Hand. „Hi", wiederhole ich und gebe ihr die
Hand.

„Ja, kein Ding! Immer wieder gern", kann ich noch hinzu-
fügen, als mein Gehirn endlich wieder mit genug Sauerstoff versorgt wird. „Die Alten von heute, haben einfach
keinen Respekt. Da muss man doch zusammen halten",
sage ich ihr, während ich mich auf den Rasen setze. Mein
Körper ist angespannt. Ich aufgeregt. Ich versuche dabei
elegant und locker auszusehen, aber meine Körperspan-
nung lässt mich wie einen Klappstuhl zu Boden krachen.

„Hier, hast du dir verdient." Sie gibt mir eine Kippe und
dreht sich selbst eine neue. Sie hat es nicht mitbekom-

men.

Ben kommt wieder zu uns gelaufen und schießt mir den Ball zu. Ich bitte ihn um fünf Minuten Pause. „Ich muss mich erst mal von deiner Attacke eben erholen." Er gewährt sie mir und dribbelt stolz vor sich her. Dabei tritt er auf den Ball und rutscht aus. Sein Blick wendet sich wieder zu uns. „Das macht nichts", erläutert er uns. Steht auf und spielt weiter.

„Ist das deiner?", frag ich sie und bin unendlich stolz auf mich, irgendwas rausgebracht zu haben. „Seh ich schon so alt aus? Oder wirke ich, als würde ich jetzt schon ein Kind haben?" Blickt leicht beleidigt.

Sie verunsichert mich immer stärker. Denk. Denk. Mir fällt keine Antwort ein. Ich zieh an der Kippe. „Ähm..." Genau. Ähm kommt immer gut... Sie scheint über meinen Aussetzer hinweg zu schauen, lächelt wieder und redet weiter.

„Nee, Ben ist mein kleiner Bruder. Meine Eltern brauchten vor fünf Jahren eine Bestätigung, dass sie noch nicht alt sind. Und seit vier Jahren kümmere ich mich um ihn."

Erfrischend ehrlicher erster Eindruck. Direkt. Maskenlos. Ich bin beeindruckt. Ich erfahre, dass sie ungefähr so alt ist wie ich und dass ihr Vater irgendein Pharma-Lobbyist

ist. Ihre Mutter starb bei Bens Geburt. Doch zu alt. Überschätzt. Der Vater arbeitet nur, darum kümmert sie sich um Ben. Während der Unterhaltung kann ich meinen Blick nur schwer von ihrem Gesicht reißen. Schön. So hübsch. Die Sonne sieht das genauso und schickt ihre Strahlen zu ihr.

Wir spielen noch ein bisschen im Park. Ich fege Ben 10 zu 8 vom Platz und er zerstört mein Selbstbewusstsein, indem er mir erklärt, dass er mich hat gewinnen lassen. Und ich wollte Lena imponieren... Als Belohnung laden die beiden mich zum Essen ein. Ich versuche zu widersprechen, habe aber gegen die zwei keine Chance.

Teurer Laden. Steak. Pommes. 70 Euro. Reicher Vater. Schlechtes Gewissen.

Wir müssen alles zweimal ordern, da die Portionen viel zu klein sind. Ich nehme – gut erzogen, aber sinnfrei – meinen Hut ab. Mein Iro belästigt den Kellner. Zusammen mit dem Piercing und den Tattoos vergewaltigen sie sein Gesellschaftsbild. Er rümpft die Nase. Eine Augenbraue spitz nach oben gezogen mustert er uns. Hochnäsig blickt er auf uns herab. Ein Arm auf dem Rücken, den anderen unter einem Tuch vor dem Bauch. Dürr. „Ja, der kann sich von solchen Portionen ernähren. Aber nicht mehr als einmal pro Tag. Man will es ja nicht übertreiben. Am Abend noch ein Eiweiß-Drink, natürlich nur, wenn ein betuchter Gast keinen geblasen bekommen will. Dann fällt der Drink weg", stricken sich meine Gedanken zusammen.

Leicht angeekelt bestellen wir. Angeekelt nimmt er die Bestellung auf.

Nach mehreren Ermahnung leiser zu sein, sind wir fertig mit dem Essen.

„Ach Schatz, nachdem die Emanzipation immer weiter voran schreitet, würde ich dich bitten zu bezahlen", sage ich zu Lena und tupfe mir mit einer Serviette Essensreste aus dem Gesicht. Ich unterstütze meine Aussage mit einer affektierten Handbewegung.

„Der Herr, das gehört sich doch nicht", räuspert sich der Kellner, auf sein Geld wartend.

„Wollen Sie mich unterdrücken? Hindern Sie mich etwa an meiner vollkommenen Entfaltung als Frau?", schnauzt Lena ihn an. Ihr aufgesetzter böser Blick macht selbst mir Angst. „Ich bin eine stolze Frau! Emanzipiert und aner-kannt in dieser Gesellschaft. Ich zahle." Sie zahlt und wir lassen den verdutzten Kellner mit 10 % Trinkgeld an un-serem Tisch stehen.

Ben will mit den Ball durch die Eingangstür schießen und zerdeppert dabei eine Vase. „Fast!", lobe ich ihn. Der Kellner rennt uns hinter her. „Das müssen Sie zahlen! Warten Sie!" Die anderen Gäste sind empört. Ich gehe zur Vase und hebe die Scherben auf. „Das kann doch nicht wahr sein! Eine Fälschung. Uns wird hier ein teures Ambiente vorgetäuscht. Ich werde diesen Laden verklagen! Ich zahle hier selbstverständlich auch für die gute Location. Und nicht für so einen billigen Müll." Entsetzt zeige ich die Scherbe den anderen Gästen, welche genauso wenig Ahnung davon haben wie ich. Sie tuscheln und begutachten, ganz außer sich, den Kellner.

„Komm, Schatz! Wir geben uns nicht mit solchen Verbrechern ab." Lena schnappt mich am Arm und wir verlassen den Laden. Keiner folgt uns.

Kapitel 9

Fasching

Wir treffen uns jeden Tag in dieser Woche. Vollkommenheit. Glück. Es macht sich breit. Ben ist immer dabei. Er ist ein gutes Alibi, sich selbst mal wieder so richtig auszutoben. Indoorspielplatz. Abenteuerspielplatz. Wasserschlacht. Als Superheld verkleidet durch die Innenstadt flitzen.

„Sollte Ben nicht eine Kita besuchen? Soziale Kontakte knüpfen? Mit anderen Kindern spielen?", frag ich Lena, als wir uns auf den Dächern der Baui-Self-Made-Hütten ausruhen. Wir haben uns von den dortigen Kindern Kippen geschnorrt und verstecken uns hier oben zwischen den Baumkronen vor dem Aufsichtspersonal.

„Die Kita musste schweren Herzens geschlossen werden. Die Erzieher haben gesoffen und gekifft. Das kommt nicht so gut bei einigen Eltern an. Aber die Politik sagt ja, ‚Jeder kann Erzieher werden! Wir brauchen Erzieher! Jedem Kind wird ein Platz versprochen.' Geben das Wertvollste an unterbezahlte Leute, die vom Arbeitsamt in diese Nische gepresst wurden. ‚Sie mögen keine Kinder? Das macht nichts. Das kann man lernen.' Fasching ist es dann komplett eskaliert." Sie zieht an der Kippe, wütend über die Prioritäten der Menschheit. „Ich versteh auch gar nicht, warum sich alle so aufgeregt haben. Sind wir doch selbst dran schuld."

Faschingsfeier. Ben ist ein Pfarrer. Alle Kinder sind verkleidet. Die Erwachsenen haben sich abgesondert und besaufen sich irgendwo. Er schaut sich um. Piraten. Polizisten. Tiere. Bunte Tiere. Ein Haufen Irrer hat sich hier versammelt.

Der Raum ist lieblos geschmückt. Die Ecken sind markiert mit Luftballons, die ein Vater von der letzten SPD-Infoveranstaltung hat mitgehen lassen. Die Hälfte der Ballons repräsentiert die Motivation und Kreativität der Erwachsenen. Die Luft ist raus. Verbunden sind diese Gummigebilde mit Girlanden, von denen ebenfalls ein Großteil ihren Dienst eingestellt hat und zerrissen am Boden liegt. Ben steht auf einer und zerpflückt sie mit seinen Füssen in kleine Schnipsel.

„Was bist du?", sabbelt ihn ein bunter Vogel an. Sie muss dabei ständig ihr Oberteil hoch ziehen, da es stets nach unten wandert. Sie zupft und zerrt.

„Ich bin ein Pfarrer, junge Dame. Und was stellen Sie dar, wenn ich fragen darf?", entgegnet er ihr mit ernster Miene. Im Hintergrund streift ein Erzieher durch sein

Revier und geht kurz seiner Pflicht nach, indem er Anwesenheit vortäuscht. Auf seinem T-Shirt prangt ein verwaschenes „Go fuck yourself". Diesem Mantra geht er nun wohl auch wieder nach und verschwindet.

„Ich bin eine Nutte. Willst du mich ficken? Ich kann dir auch einen blasen!" Sie leckt sich über ihre roten Lippen. Schaut währenddessen runter, um selbst zu sehen, ob sie es richtig macht.

„Ich lebe abstinent. Du Sünderin." Er scheuert ihr eine. Die flache Hand quer übers Gesicht. Versagt. Sie schlüpft aus ihrer Rolle und läuft weinend zur Tür. Reißt sie auf. Ein Bauarbeiter wirft sich gegen die Tür. „Du Schlampe gehst hier nicht raus." Das Kind scheuert ihr auch eine. Erschrickt. Jetzt weinen beide.

Der Vorgang wird von den anderen Insassen dieser Veranstaltung ignoriert. Nicht wahrgenommen. Gehört zum Alltag. Ist halt so. Ein Luftballon platzt. Kurze Stille. Schock. Er bekommt mehr Aufmerksamkeit als die Nutte.

Derweil finden ein Polizist und ein Pirat Kippen. Jeder nimmt sich eine. Zünden sie an einer Kerze an. Schwenken ihre Saftbecher im Licht und rauchen. Wohlstand. „Ihr Sünder!", schleudert Ben ihnen ins Gesicht. Nimmt sich auch eine. Sie hocken in einer Ecke und paffen. Betrachten sich hochnäsig und philosophieren über Gott *und die Welt.*

„Ich bin Polizist! Ich werde hier allen in den Kopf schießen. Ihre Augen werden rausplatzen. Yeah! Ich werde hier alle bestrafen. Aufspießen! Über Feuer grillen. Ihre Augen werden rausplatzen." Mit vor Begeisterung aufgerissenen Augen und einem dicken Lachen im Gesicht erklärt er ihnen seinen Aufgabenbereich.

„Nein! Das machst du nicht! Ich sag das meiner Mama!", jammert der Pirat. Wischt sich dabei peinlich berührt und ängstlich immer wieder zitternd seine Tränen aus dem Gesicht. Zu viel Information. Zu junges Leben.

„Du sagst niemandem was!" Der erboste Polizist wirft den Piraten zu Boden. Springt auf ihn. Packt seinen Kopf. Schlägt ihn immer wieder gegen den harten Untergrund. Der stumpfe Beat füllt den Raum. Pock. Pock. Pock. Er hört nicht auf den Kopf auf den Boden zu schlagen. Der Pirat kratzt dem Polizisten hilflos übers Gesicht. Versucht sich zu wehren. Vergeblich. Er hört auf zu kratzen. Seine Hände sinken herab. Zucken. Bewegen sich nicht mehr. Der Polizist hört auf. *„Du sagst keinem was, du Wichser!",* und spuckt ihm ins Gesicht. Er guckt seine Hände an. Blutig. Guckt zu dem Piraten. Blutig. Er fängt an zu weinen.

„Dir sei vergeben", sagt Ben ihm und zieht an seiner Kip-

pe. „Jetzt können wir ihn ficken!", schlägt die Nutte vor. Sie hat aufgehört zu weinen und versucht sich an andere Kinder zu verkaufen.

Eine große Tür geht auf uns ein paar der Erwachsenen kommen rein. „WAS IST DENN HIER LOS?", schreit einer. Hinter ihm strömen Qualmwolken in das Zimmer. Nebeln die Kinder ein. Er rennt auf Ben zu. „WAS FÄLLT DIR EIN?", brüllt er ihn an und schlägt ihm die Kippe aus der Fresse. Fingernägel tragen ihm ein paar Hautschichten ab. „RAUCHEN IST GEFÄHRLICH!" Seine Fahne brennt Ben in den Augen. Ihm wird schlecht.

Ein anderer Erwachsener sieht den toten Piraten auf dem Boden. „UM GOTTES WILLEN! WAS IST DENN HIER PAS-SIERT?" Er guckt ratlos um sich. Sucht Verantwortliche. Panik. Sieht den blutverschmierten, weinenden Polizisten. Packt ihn. Schlägt auf ihn ein. „WAS FÄLLT DIR EIGENT-LICH EIN!!! SO WAS MACHT MAN NICHT!" Er lässt ihn wieder zu Boden. Tränen fließen dem Polizisten über die Wangen. Mischen sich mit seinem Blut aus der Nase. Er versteht nicht. Rennt verstört in eine Ecke. Will nicht mehr spielen.

Die kleine Nutte geht zu einer Frau, die entsetzt am Tür-rahmen mit der nun letzten noch hängenden Girlande steht. „Die sind hier geizig! Keiner will mich ficken! Ver-

such du dein Glück!" Der Frau fallen vor Schreck fast die Titten aus dem Dekolleté. Sie stolpert ihn ihrem Mini-Rock und auf den hochhackigen Schuhen zu dem Mädel. Packt sie am Arm. Internat.

„Alles Sünder!", flüstert Ben und geht raus. Erinnert sich. So jung. So aufnahmefähig. Früher wurden böse Menschen verbrannt. Damit hatte ihm mal seine Tante gedroht. Er findet eine Garage. Schleicht sich in die Garage. Nimmt einen Benzinkanister. Geht wieder raus. Dabei zieht er den Kanister hinter sich her. Dieser geht Ben bis über die Hüfte und ist viel zu schwer zum Tragen. Er zündet sich noch eine Kippe an. Geht ums Haus herum. Verkippt das Benzin. Er ist einmal rum. Schnippt die Kippe ins Benzin. Feuer. Alles brennt nieder. Gerechtigkeit.

Er will nicht mehr Pfarrer spielen. Legt seine Tracht ab und geht nach Hause. Er ist jetzt Raumfahrer. Er setzt sich in einen Karton und fliegt zur Sonne.

„Er musste danach zu einem Kinderpsychologen, aber der war cool. Er meinte was von ‚Gesunde Reaktion auf krankmachende Umgebung' und ‚authentisches Rollenspiel' und so 'n Zeug. Natürlich war das kein durchweg normales Verhalten, aber doch nachvollziehbar. Er besucht den Typen nun einmal die Woche und kommt auch bald in eine neue Kita. Unser Vater ist erstmal komplett ausgetickt, aber wir konnten ihn dann doch zusammen beruhigen. Ich meine, die hatten da gar keine Aufsicht. Sie waren verkleidet und total im Rollenspielmodus. So sehen sie halt unsere Welt." Lena macht ein nachdenkliches Gesicht. Die Verantwortung für Ben bringt sie an ihre Grenzen. Ich will ihr helfen. Sie unterstützen. Ein wohliges Gefühl fängt an in mir zu lodern.

„Ich hab euch!" Worte schlängeln sich zu unserem Versteck hoch. „Jetzt müsst ihr mich suchen!" Ben rennt los und sucht sich ein Versteck.

„Wir können noch viel von den Kindern lernen. Unsere Fehler sehen, wenn wir sie nur ernst nehmen." Mein Handy will Aufmerksamkeit. Piept. Schüttelt sich. Unterbricht uns. „Ich muss langsam los. Treff mich heute Abend noch mit einem alten Kollegen. Geburtstag. Bis morgen?" Hoffnungsvoll gaffe ich sie an und hoffe, dass sie mein Verlangen nach ihr nicht merkt.

„Jupp!" Ich bekomme zum Abschied einen Kuss auf die Stirn. Verlegen und verunsichert mach ich mich schnell auf den Weg runter. Meine Maske bekommt einen Riss. Nähe. Distanz. Ich mag keine Nähe. Erfahrung und Angst brechen kurz raus. Schnell. Schnell. Schnell. Weg. Mein Herz rast. Ich bleib mit meinem Schuhsenkel an einem Nagel hängen. Gleichgewicht. Weg. Meine Finger rutschen langsam vom Dach. Abgang. Ich knall runter. Denise. Anna. Marie. Mama. Bilder in meinem Kopf. Ich pralle auf. Der Riss schließt sich. „Alles okay!", rufe ich selbstbewusst hoch. „Scheiße, tut das weh", flüstere ich peinlich berührt zu mir. Ich raffe mich auf und humpele davon. Den Flashback muss ich erst noch realisieren. Entscheide mich jedoch, die Bilder wieder wegzuschließen. Schnell Ben suchen und raus aus der Situation. „Ben?", rufe ich in das Meer aus Hütten.

„Du musst mich suchen!", antwortet er mir. „DU FINDEST MICH NICHT!" Ich kann die Geräuschquelle lokalisieren. Unter dem selbst zusammengenagelten Piratenschiff. Ich zieh ihn an den Füssen hervor. Hebe ihn vor mich. „So, reingehaun! Ich muss los! Ghetto Fist!" Wir schlagen mit den Fäusten ein und ich zieh los. Auf zur Bahn. Odyssee. Bauis werden immer seltener. Lange Fahrt nach Hause. Wir bauen lieber teure Prestigeobjekte, die nie fertig werden. Kein Platz für Bildung und Kreativität.

Bildung gibt es in der Schule. „Er hat die Lehrer nicht zufrieden gestellt", stand immer in meinem Zeugnis. Ich sollte nichts lernen, ich sollte die Lehrer zufrieden stellen. Ich musste mich vor die Tür stellen und die Türklinke runter drücken, damit der Herr wusste, dass ich da bin.

Ich band meine Schuhe dran und sprang vom Dach. Lehrer wurde entlassen. Vernachlässigung seiner Aufsichtspflicht. Das war das gebrochene Bein wert. Er war nicht zufrieden und ich nicht gebildet. Wir hatte beide nichts davon.

Ich blicke auf über 100.000 Stunden Unterricht zurück. Es ist kaum was übriggeblieben. Dieses ineffiziente System hat mir kein bisschen gebracht. Im Gegenteil, ich habe gesehen, wie das Interesse am Lernen aus vielen Gesichtern schwand. Wie das Potential von Unzähligen einfach weggeworfen wurde. Ihre Lernlust, ihre Forscherlust, ihre Kreativität wurden durch feste Strukturen, sinnloses Wiederholen, Auswendiglernen und Wiedergeben zerstört. Dem Gelernten wird keine Bedeutung, kein Wert, zugeschrieben. Es ist nur da, um den Lehrer glücklich zu machen. Um keinen Ärger zu bekommen. Unsere gesamte Intelligenz wird darauf gelenkt, was der Lehrer will, was der Lehrer in seinem Buch oder Plan stehen hat. Frustrationserfahrungen statt Entfaltung. Die Gesellschaft guckt auf falsche Fähigkeiten und tritt die Begabungen der Menschen mit Füssen. Aus Leidenschaft wird Angst, Wut und Selbsthass, welche einen das ganze Leben begleiten. Bildung kann man nicht stapeln. Bildung ist die Anleitung zur Selbstbildung. Bildung ist nicht nur Wissen.

Aus dir kann nur noch was werden, wenn dir trotz der Schule noch die Lernleidenschaft bleibt. Schulen sind eine grausame Erfindung. Wie soll sich eine Gesellschaft entwickeln, wenn man immer nur das Vergangene durchnimmt. Wissen aus der Vergangenheit. Das ganze Schulsystem ist veraltet. Es kommt aus einer Zeit, die es nicht mehr gibt. Kein Blick in die Zukunft. Kein Respekt vor der Zukunft. Keine Hoffnung. Belohnung bekommt man, wenn man sich total angepasst hat. Wie soll sich eine Gesellschaft so weiterentwickeln? Man sollte alle Erwachsene an Stühle ketten und sie von Kindern „unterrichten lassen". Die Kinder würden spielen. Spaß haben. Leben. Nicht versuchen etwas zu sein, sondern einfach sein. Keine Rolle spielen, sondern leben. Nichts darstellen, sondern sein. Von Kindern lernen und nicht Fehler verinnerlichen.

„So musst du das machen. Anders geht das nicht. Du bist hier nicht zum Probieren, sondern zum Aneignen! Wie hast du das denn geschafft? Das steht nicht im Lehrplan! 6, setzen." Wie würden die Kinder das machen? Wir haben es verkackt. Zurück auf Null. Neue Generation, neues Glück. Sie können nichts von uns lernen. Das wollen viele nicht einsehen. Die Kinder haben die Macken. Stopfen wir sie mit Drogen voll und schicken wir sie zum Psychologen. Ich? Nein, mir geht es gut. Das Kind lacht in dieser Welt. Es muss krank sein. Das ist nicht normal.

Ich beende meinen inneren Monolog vor den Pädagogen unserer Welt. Lange daran gefeilt, falls mich mal einer fragt. Falls mal Psychologen und Pädagogen für unser Bildungssystem zuständig sind. Und nicht die Industrie und die Lobbyisten. Falls Liebe mal über Geld steht. Falls ich mal was ändere.

Ich bin noch ein paar Tage krank. Nicht normal. Die Zeit muss ich nutzen.

Kapitel 10

Auf dem Weg nach oben

Kein Kater. Kein Pegel. Ich hocke in der Bahn. Kurzzug. Völlig überfüllt. Eine Meute aus fetten, schwitzenden Tieren, altem, verwesendem Aas und jungem, dummen Unkraut füllt die Sardinendose Richtung Irgendwo. Mir wird schlecht. Ich bin in einen Viehtransport einge- pfercht. Ziel: Schlachthof. Nur andere Gesellschaft. Tote. Längst verstorben. Am vergammeln. Nie gelebt. Es nie gelernt. Alle glotzen sich angewidert an. Sie verachten sich. Ich hasse sie. Das System ist fehlerlos.

Ein junges, hübsches Mädchen ekelt sich am meisten. Perfekter Körper. Makelloses Gesicht. Kunstvoll ge- schminkt. Ein Engel, der den Toten zeigt, wie wenig sie wert sind. Sie findet sich toll, versteht aber nicht warum. Die Meute findet sie toll und versteht auch nicht warum. Sie wollen sie nur besteigen. Einmal ihr Ding reinhalten. Im Abteil fängt es immer mehr an zu stinken. Ihre Geil- heit trieft aus jeder einzelnen ihrer Poren.

Sie sitzt einen Vierer weiter. Sie guckt mich an. Ich ergöt- ze mich ebenfalls an ihrem Anblick. Sie lenkt mich von den faulenden Massen ab. Nüchtern ist Bahn fahren sehr anstrengend. Sie hat ihren Blick noch nicht abgewandt und lächelt mich an. Ich scheine ihr zu gefallen. Wir gucken uns eine Zeitlang an. Starren. Ich würde auch gern mal drüber rutschen. Sie erniedrigen. Ihre Schminke wird sich mit Schweiß und Tränen mischen und ihr wahres Gesicht zeigen. Sie wird schreien und stöhnen. Es wird ihr gefallen.

Sie streicht sich eine Strähne aus dem Gesicht und blickt mich weiter an. Ich blicke sie weiter an. Spüre das Knistern zwischen uns. Magie. Ich stecke mir einen Finger tief in die Nase. Erbeute einen Großen. Er müsste selbst aus ihrer Entfernung noch gigantisch aussehen. Ich stecke ihn mir genüsslich in den Mund. Sie ist angewidert. Von mir. Von sich selbst. Jetzt lächle ich sie auch an. Sie guckt mich nicht mehr an. Ich reihe mich aus ihrer Sicht in die Meute ein. Ob du hässlich sein darfst, entscheidet dein IQ.

Ich schließe die Augen. Lege meinen Kopf auf die harte Lehne meines Platzes. Versuche mich zu entspannen. Abzulenken. Ohne größere Hirnschäden die Fahrt zu überleben. Sobald ich die visuellen Eindrücke ausschließe, drängen sich Wörter, Gebrabbel, in meine Gehörgänge.

Im Vierer neben mir sitzt eine Oma mit ihrer Enkelin.

Konversation. Oder was man heute so nennt. Die Enkelin setzt sich zusammen aus einem Lispeln, zusammengewachsenen Augenbrauen, Fett, Madonna-Piercing, teuren, bunten Klamotten und 14 oder 16 Jahren auf diesem Planeten. An sich sicher nichts Negatives, aber aus jeder ihrer Poren quillt Dummheit und verpestet die Luft noch mehr. Die Oma scheint Geld zu haben. Waren wohl Shoppen. Die Oma scheint Geld zu haben, also ist für sie keine Beschreibung nötig.

„Danke, daf du mit mir in dem neuen Fop warft. Ich mufte unbethingt diefe neue Jacke haben!", lispelt sie ihre Oma an. Der Speichel ihrer Enkelin tröpfelt der alten Dame vom Kinn. „Nun können mich die Boyf auf meiner Klaffe ficher beffer leiden. Die Fachen von lethfter Woche waren ja nicht so cool, haben sie geffagt. Die Feitungen haben daff hier aber empfohlen." Nach jedem Satz leckt sie sich mit ihrer Zunge über die Lippen. Holt den entflohenen Sabber wieder zu sich. Dabei reißt sie ein kleines Insekt mit, welche sich in ihren Körperflüssigkeiten verfangen hat.

„Für dich tu ich doch alles. Was sind schon zwei- bis dreihundert Euro gegen die Liebe meiner kleinen, süßen Enkelin. Du wirst in der Schule ganz groß rauskommen." Sie wirkt abgelenkt und betrachtet sich in der

Spiegelung im Fenster. Korrigiert dabei ihr Make-up. Pult Ansammlungen aus ihren Falten.

Das Mädchen hört auf zu popeln und erzählt ihrer Oma dann irgendwas von Modezeitschriften und über neue Boybands oder was weiß ich. Ich muss kurz aufhören zuzuhören. Die Oma nickt auch nur noch und zupft ihre Strähnen zurecht.

Perfektion. Nein.

„Ich kannte viele Stars, aus meiner Zeit als Model. Ach, ich bin so viel herumgekommen. Das wird dich sicher auch noch erwarten." Scheinbar hat das Alter ihr die Sehfähigkeit genommen. Das Mädchen guckt sich nun auch in der Spiegelung an. Sie wühlt ihn ihrem Fett und zieht ihre Handtasche aus einer Bauchfalte. Sie kramt drin herum und holt irgendein Schminkzeug heraus. Die oberen Augenlider werden nun blau bemalt. Abstrakte Kunst. Organischer Picasso. Sie strahlt.

Die Oma ist gerade in Gedanken, wie sie die Stars der 50er oder 60er in einem Bukkake vollspritzen. Teint stimmt.

Die Bahn hält am Hauptbahnhof und ich muss raus. Alle müssen raus. Die Horde trottet zur Rolltreppe. Sie schnauft. Sie leidet. Sie stirbt. Zufrieden stellen sie sich auf den mechanischen Weg aufwärts. Die Rolltreppe ist lang. Sehr lang. Wir sind scheinbar tief unter der Erde. Sie müsste um die 100 bis 200 Meter nach oben führen. Die ganze Horde steht drauf. Schnauft. Ist erschöpft. Die Rolltreppe schnauft, quietscht und leidet unter der Last. Langsam geht es aufwärts. Sehr langsam. Die Treppe, die hinunter fährt, ist leer. Ich gehe sie hoch und ziehe an der Meute vorbei. Sie hatten nie eine Chance. Ich bin lange vor ihr oben. Gucke runter und sehe die verwesende Horde langsam auf mich zukommen. Mühsam arbeiten sie sich, Meter für Meter, nach oben. Ich drücke den Not-Aus-Knopf und die Rolltreppe stellt ihren Dienst ein. Das Schnaufen wird nun von Gebrüll, Empörung und Verzweiflung übertönt. Panik. Hilflosigkeit.

Ich stecke mir zufrieden eine Kippe an und gehe zu meiner nächsten Bahn. Richtung Nirgendwo. Anderer Ort. Gleiche Meute.

Ich stell mich in die 4 m² große Raucherecke, wo all die überforderten Eltern ihre Kinder vollqualmen. Noch vier Minuten, bis die Bahn kommt. Ein Typ zerrt sein Kind in die Raucherzone und zündet sich hektisch eine Kippe an. Das Kind atmet erschöpft ein und aus. Keucht. Hustet. Betrachtet seine Knie und versucht die Blutung mit einem Taschentuch zu stoppen. Die Bahn kommt. Er drückt seine Zigarette schnell aus und zerrt sein Kind zum Waggon. Meine Bahn ist die nächste.

Noch eine Minute. Alle drängen auf den Bahnsteig. Ich kann die Bahn schon sehen. Werde nervös. Wie jedes Mal. Ich sehe sie heranrasen. Panik. Werde ich vor die Bahn gestoßen oder spring ich selbst vor sie. Jedes Mal das gleiche Spiel. Jedes Mal die gleiche Nervosität. Tut es ein anderer oder ich. Wer bringt es endlich zu Ende. Wer setzt den letzten Impuls. Die Bahn kommt immer näher. Meine Beine fangen an zu zittern. Schweiß läuft mir die Stirn runter. Meine Hände kribbeln. Die Erde bebt von der anrollenden Bahn. Gleich ist es soweit. Die Menschen um mich herum sind gestresst, wollen irgendwo hin. Ich gucke mich um. Gucke zur Bahn. Das Ende scheint mir immer attraktiver.

Die Bahn hält. Ich steige ein. Fahre weiter. Kein Kater. Kein Pegel. Ich hocke in der Bahn. Kurzzug. Völlig überfüllt. Eine Meute aus fetten, schwitzenden Tieren, altem, verwesendem Aas und jungem, dummem Unkraut füllt die Sardinendose Richtung Irgendwo. Mir wird schlecht.

Kapitel 11

Wurzeln

Ich war seit Jahren nicht mehr in diesem „Jugend-Café". Meine Jugend müsste hier noch irgendwo zwischen Kotze und Jungfernhäutchen liegen. Aber ich bin lange nicht mehr da gewesen. Ein alter Freund hat Geburtstag. Er arbeitet jetzt hier. Also mal gucken, was passiert. Ich kann nicht viel kippen. Morgen früh Lena treffen. Hoffnung. Erlösung. Wenigstens einen bisschen Glück schmecken. Aber ein paar Bier stehen schon Schlange.

Der Laden hat sich nicht verändert. Wände in sozialistischem Rot. Der Rest in anonymem Schwarz. Abgestandenes Bier und Nikotin erfüllen den Saal mit einem beißenden Geruch. Eine Szene. Punkrock. Emo. Gothic. Dieses Gesindel halt, auf der Suche nach sich bzw. einer Nische, in die man sich verkriechen kann. Individuen. Alle gleich. Sogenannte Antifaschisten, die über andere Menschen herziehen wie Hitler in seinen besten Jahren.

Das Bier bekommt eine Aufgabe.

Am Tresen sehe ich das Geburtstagskind. Nach den üblichen homoerotischen Anspielungen bekomme ich ein Mal, welches den Barkeepern symbolisiert, dass ich gratis Trinken darf. Ein guter Start für einen ruhigen Abend.

Erstmal zwei zum wach werden und ab ins Getümmel. Sinnlose Anreihungen von Wörtern kämpfen sich durch meine Ohren und brennen sich ins Gehirn. Kopfschmerzen. Bei einer Unterhaltung übers „Strippen" bleib ich stehen. Ich war schon mal ein paar Mal in Stripschuppen. Nicht um mich aufzugeilen, sondern zu Unterhaltungszwecken. Notgeile, stinkende Menschen, welche einer Stripperin ihr letztes Geld anal einführen. Herrlich. Ich führte dabei einmal mit einer der Tänzerin eine interessante Unterhaltung, als diese ihre Show runterleierte. Sie hatte schulterlanges, blondes Haar. Ein blaues und ein grünes Auge, die erahnen ließen, dass sie schon viel gesehen hat, dass sie das Leben kannte. Zwei Kinder, kein Geld, Mann weg, Brüder Massen- oder Serienmörder oder so was. Halt eine ganz normale Geschichte. So wie das Blut in den Schwänzen der anderen Gäste schwand, so stieg ihr Hass auf mich. Verzweiflung. Wut. Aufstand. Revolution. Die Welt geht zu Grunde, Menschen sterben und werden ausgebeutet. Nichts passiert. Eine Stripperin unterhält sich. Der Widerstand beginnt.

Ich teile meine Erfahrungen mit den anderen Teilnehmern der Unterhaltung und sie schleudern mir ihre Scheiße ins Gesicht: „Ich war einmal in einem Laden, da kam eine Thailänderin auf die Bühne, zog ihr Höschen aus, ihr T-Shirt, ihren BH und ging wieder. Eine Sache von drei Minuten. Dann kam die nächste Thailänderin und die gleiche Scheiße noch mal." Beim Reden floss ihm Blut aus dem Mund. Er hatte sich eben erst von alt eingesessenen „Jugend-Café"-Besuchern drei Löcher mit einer Sicherheitsnadel in die Unterlippe bohren lassen. In einem steckt noch die Nadel, weil sie nur eine hatten. Es hört einfach nicht auf zu bluten.

Zu meiner Langeweile gesellt sich Wut dazu: „Hast du zu viel Scheiße gefrühstückt, dass sie dir wieder aus der Fresse läuft? Wieso erwähnste extra, dass diese Frauen Thailänderinnen waren? Biste ein kleiner Rassist? Es waren Frauen! Die Nationalität ist doch vollkommen Banane, oder willste damit alle Thailänderinnen gleichsetzen? Oder sind Thailänderinnen für dich besonders schlimm? Untermalt dies die Grausamkeit ihrer Performance?" „Aber… sie sahen halt wie Thailänderinnen aus!", stottert er, während seine Augen die Unterstützung seiner Freunde suchen. „Und dies ist so tragend für diese Geschichte? Es waren Frauen, die irgendwie versuchen ihren Unterhalt zu bestreiten. Würden deiner Meinung nach deutsche Frauen so etwas nicht machen? Kleiner blonder Junge, Verteidiger des deines Erbes." Er ist sprachlos und mein Bier leer. Er wollte doch nur cool sein. Dazu gehören. War immer stets angepasst. Gehorsam. Musterschüler. Nur Einsen. Will ausbrechen. Will krass sein. Ein Individuum. Weiß nicht, wer das entscheidet. Hat einfach gesetzt und verloren. Der heutige Abend wird ihm ein halbes Jahr Hausarrest und drei Therapien Schläge bescheren. In 20 Minuten werden seine Eltern merken, dass er nicht zuhause ist. Hat es sich gelohnt? Egal. Es ist passiert. Stell lieber deinen Eltern diese Frage.

Ich setze mich an die Bar. Mal ein bisschen runterkommen. Das Niveau lässt meine Arroganz explodieren. Mit meinen Fingern pule ich Dreck aus den eingeritzten Sprüchen und Namen im hölzernen Tresen. Er ist übersät mit Schriftzügen. Hier saß ich vor Jahren. Hier steht noch immer mein Name.

Das separat gelagerte Freibier ist alle und ich gebe eine Runde für die Leute am Tresen aus. Das lockt sie. Sie kommen und sie wollen Interaktion und Kommunikation. Sieben Springerstiefelpaare nebeneinander. Alle die gleichen Jacken. Die gleiche Frisur. Kippe im Mund. Piercing in der Unterlippe. Peinlich. Ich spiele mit der Zunge an meinem Piercing und starre meine Stiefel an. Ich fühle mich, als würde ich in sie rein rutschen. Scharfe Zähne bohren sich in meine Beine. Meine Stiefel fangen an mich aufzufressen. Oben beginnen Gäste an mir zu knabbern, zu beißen, Stücke rauszureißen. Bald bin ich weg. Begraben neben meiner Jugend. Ich blicke mich noch einmal um. Suche Hoffnung. Ha! Ich bin der einzige mit einem Hut. Ich bin ihr König.

Ich muss kacken. Ich schnappe mir eine Zeitung von einem Tisch und suche mein Glück in einer Kabine. Erlösung.

Warum sind diese Zeitungen so überdimensional groß? Ich wühle mich durch das Papier und die Kabine wird immer kleiner. Keine der Seiten lässt sich vernünftig lesen. Sie klappt zusammen. Zieht sich zusammen. Chaos. Kaum ein Artikel gefunden, der mich interessiert. Da ist einer. Und weg. Ich bin überfordert. Ich schaffe es endlich, die Informationen vor mir zu stabilisieren und stelle fest, dass ich nicht mehr lesen kann. Alles verschwommen. Alles doppelt.

Als ich aufwache, realisiere ich erst wieder, wo ich bin. Die Zeitung hat sich mit dem Erbrochenen am Boden vereint. Es lässt sie nicht mehr los. Informationen für immer verschollen. Ich wische mir den Arsch mit einigen Zeitungsfetzen ab und stolpere aus der Kabine. Ich schwanke zum Becken und wasche mir das Gesicht. Blicke auf die Zelle, der ich entrinnen konnte, zurück und sehe die Mittagessen mehrerer Personen und das Erbrochene mehrerer Autoren.

Ich hangel mich zur Bar und bestelle mir ein Bier. Ich schüttle mich, um wach zu werden. Reibe mir die Augen. „Ruhig sitzen bleiben! Keiner soll merken, dass du werweiß-wie-lange aufm Klo gepennt hast! Du bist okay!", schreit mich mein Schamgefühl an. Das Bier kommt. Alles ist okay. Ich habe keine Ahnung, wo meine Leute sind und waren. Ich kauere mich über mein Bier. Über meinen Fluchtplan.

„Gefällt dir die Musik, die gerade läuft?", überfragt mich ein Mädel von der Seite. Ich hatte nicht mal gemerkt, dass noch Musik zu hören ist. Ich mustere das Mädel und sie fällt durch. Aussehen geht durch. Ein bisschen vollschlank, aber doch ganz süß. Doch ihr Gesicht verrät Hilflosigkeit, Angst und Zwang. Keine Persönlichkeit. Nur ein Mädchen, das in den Strom geraten ist und sich nicht mehr befreien konnte.

Es läuft irgendein scheiß Elektro-Pop. Ohrenkrebs. Man merkt, wie einem die Gehirnzellen absterben, bei jedem einzelnem „Ton", der die Gehörgänge durchkreuzt. „Scheint der letzte Dreck zu sein. Aber es untermalt das Ambiente dieser Lokalität", lalle ich ihr entgegen. „Das Lied hab ich gewählt. Mag ich eigentlich nicht so sehr.

Aber was soll's." Ihre Worte bestätigen meinen ersten Eindruck. „Was hörst du denn so für Musik?" Zwanghaft versucht sie die Konversation aufrecht zu erhalten. „Andere! Nicht deine! Gar keine! Guck mich an und geh nach Klischees!" Sie reagiert nicht auf meine Worte und redet weiter. Ich höre nicht mehr zu und ordere das nächste Bier. Das Bier läuft durch und ich muss pissen. Als ich vom Klo wiederkomme, ist sie weg. Ich ordere noch zwei Bier und leere sie in zwei Zügen. Mein Pegel von vorhin ist wieder erreicht. Ich geh noch mal pissen und werde geil. Wo ist das Mädel von vorhin? Warum war ich so abweisend? Ich suche das ganze Café ab. Keine Spur. Sie war nie da. Nicht für mich. Ich geh aus dem Laden raus. Laufe sinnlos die Straße rauf und runter. Sie ist weg. Jetzt, wo ich sie gebrauchen könnte. Ich geh in die nächste Bar und stell mir noch mal einen rein. Dann mach ich mich endlich auf den Weg zur Bahn. Immer noch keine Spur von dem Mädel. Die Hoffnung stirbt zuletzt.

Angekommen. Hier stand ich früher immer. Auf dem Weg zur Schule. Auf dem Weg zum Praktikum. Auf dem Weg... Die Bahn kommt in 13 Minuten. Warten. Ich hol mir am Kiosk in der Bahnstation noch ein Bier. Ich versuche gerade zu stehen. Erwarte den Transport weg von hier. Zwei Typen kommen auf mich zu. Keine Ahnung, wie sie aussehen. Scheint nicht wichtig zu sein. Sie reden mit mir. Punkrock redet mit mir. Ich nehme die Stöpsel aus den Ohren und kann sie nun wahrnehmen. Sie bauen sich provokant nah vor mir auf. Sie wollen Stress. „Cool. Ich bin eh so eine feige Sau und nun kann ich mich nicht mal artikulieren." Meine Gedanken resignieren und lassen sich einfach in die Situation fallen. „Du fickst bestimmt nur hässliche Frauen." Ist der erste Satz, den ich verständlich wahrnehme. „Hö?" Ist das Maximum meiner momentanen verbalen Fähigkeiten. Der Zweite redet weiter: „Ja, Mann! Du nimmst bestimmt nur ganz fette und abgefuckte Weiber!" Sie werfen sich verliebte Blicke zu und lächeln. „Kahnn mich eine sagen, wie spät ist?" Meine Sprachfähigkeit entwickelt sich weiter. „Zu spät! Die Hässlichen sind schon alle im Bett! Du bumst doch nur Schabracken!" „Was wollen die von mir?", frage ich mich, doch mein Hirn reagiert nicht mehr. Ich spüre, wie die restlichen Menschen am Gleis sich von uns abwenden. Zur Seite gehen. Fliehen. „Nee, ich hab momentan ne ganz arkzcheptaaable Freundin", lalle ich. „Warum versuche ich mich zu rechtfertigen?", frage ich in meine Leere. „Nee, die ist bestimmt auch fett und hässlich! Du fickst nur Hässliche! Das sieht man dir an!" „Ja, zum Beispiel deine Mutter." Fehler. Tut gut. Seine Kopfnuss trifft mich auf meiner Stirn. So ein Idiot.

Der Alkohol tut seinen Rest. Ich falle nach hinten, in eine Gruppe unschuldiger Gymnasiasten. Sie sind schockiert. Ich greife mir meinen Hut, entschuldige mich und mache, dass ich weg komme. Keine Ahnung, wo die zwei auf einmal hin sind. Ich steige benommen in die falsche Bahn und lande am Arsch der Heide.

Irgendwann steige ich aus und merke, dass hier auch eine Bahn fährt, die mich nach Hause bringt. Ich stehe an den Gleisen und rauche. Ich checke mein Gesicht. Alles voller Blut. Ein harter Abend. Schlägerei überlebt. Echter Kerl. Es ist nicht mal eine Beule.

Ein Typ fragt mich nach einer Kippe. Ich will nicht noch mehr Stress. Gebe sie ihm. Hätte sie ihm auch so gegeben. Er will Konversation. Ist irgendein Kickboxmeister oder so und voll auf Koks oder ähnlichem. Er reibt sich dauernd die Nase. Tänzelt von einem Fuß auf den anderen. Wenn eine Fliege oder Mücke sein Sichtfeld kreuzt, versucht er sie mit einem Roundhousekick zu erwischen. Ich erzähle ihm die Geschichte. Er wird sauer. Will mich rächen. Zieht los um die Typen zu suchen. Er will boxen. Erst als er fast hinter einer Ecke verschwunden ist, fällt mir auf, dass er nur in einer Boxershorts unterwegs ist. Auf dem Rücken hat er eine schwarze Sonne tätowiert. Ich steige in meine Bahn und schlafe ein.

Kapitel 12

Endstation

„This train terminates here!", schallt aus den Lautsprechern. Ich schrecke auf. Wache auf. Die Bahn fährt in die Endstation ein und ich mache, dass ich raus komme, bevor das Ding in die Luft fliegt. Scheinbar haben mehrere Leute diese Idee, denn alle drängen Richtung Tür und man kann in ihren Augen sehen, dass ihr Leben endet, wenn sie nicht als Erster die Bahn verlassen. Überlebenskampf. Ich setze mich wieder hin. Es ist bereits morgens. Wochentag. Sklavenschau. Ellenbogen bohren sich in Gesichter und Magengruben. Haare werden gezogen. Knochen zermalmt. Beine gebrochen. Hauptsache raus.

Beim Blick aus dem Fenster sehe ich eine Frau, zumindest glaube ich, ihr Geschlecht als weiblich identifizieren zu können. Ihr Gesicht faltig. Ein Strich für jeden Fick in ihrem Leben. Halbtoter Blick, gekrümmte Haltung und die Hände schräg von sich gestreckt. Das dunklere Braun an ihrem rechten Bein präsentiert uns ihren letzten Stuhlgang. Was für eine Leistung, dass sie noch stehen kann. Dies schaffen nicht viele. Abzüglich der konsumierten Drogen und der gefressenen Scheiße würde ich sie auf Ende Zwanzig schätzen. Ihre dunkelblonden Haare führen ein seltsames Eigenleben. Trotz Windstille wackeln sie hin und her. Strähnen springen auf. Segeln zurück zur Kopfhaut.

Die Bahn ist leer und nicht explodiert. Ich steige aus. Als ich den Untergrund verlasse, werfe ich noch einen letzten Blick auf dieses Prachtexemplar der menschlichen Spezies. Ich denke mir, dass sie perfekt in einen Romero-Film passen würde. Die geschminkten Menschen mimen Zombies und hetzen den letzten Menschen auf Erden hinterher. Sie haben Hunger. Ein Kameraschwenk und – da steht sie. Die Zuschauer kotzen vor Begeisterung. Die Medien berichten nur noch „A star is born!". Tausende von Einladungen, von den wichtigsten und unwichtigsten Tieren der Filmindustrie, überschwemmen den Bahnsteig. Sie ist berühmt. Selten wurde eine bessere schauspielerische Leistung gesichtet. Die Menschheit dreht durch. Sie wird durch die wichtigsten Städte der Welt geschleppt und jeder will mehr sehen. Ihre Haare bekommen eine kleine Talk-Show im Vormittagsprogramm.

Reporter durchforsten ihre Vergangenheit. An diesem neuen Star muss doch irgendwas Belastendes sein, was sich gut verkaufen lässt. Sie ist ist Anwältin. Sie war erfolgreich. Sie hatte Kinder. Sie finden nichts. Keinen Makel. Der perfekte Mensch. Wie langweilig. Der Rummel endet und sie stellt sich wieder auf ihren Bahnsteig.

Ich bin traurig und geh weiter. Schade, wenn ihr Rausch zu Ende ist, wird sie sich an nichts mehr erinnern. Oder steht sie da, um ihren ehemaligen Ruhm zu verdrängen? Kam sie mit dem Erfolg nicht klar? Sie hat's verkackt! Hatte den falschen PR-Manager.

Warum habe ich eigentlich keinen PR-Manager, der mir hilft mich nach außen zu präsentieren und zu verkaufen? Jeder braucht doch heutzutage so ein Ding. Ich schaue an mir runter. Stiefel. Jeans. T-Shirt. Und, als individuelles Accessoires oder Markenzeichen, der Hut. Geht durch. Dazu fallen mir zwei Typen ein, die so begeistert von mir waren, dass sie sich gezwungen fühlten mich anzusprechen, um durch die Interaktion mit mir ihr Leben aufzupolieren und seinen Wert zu steigern.

Sie sprachen mich auf meine Hose an, die so löchrig und abgetragen aussieht wie die Moral des Papstes. „Alta, wie läufst du denn rum, du Assi? Bist ja voll der Freak! So ne Dreckshose! Haha! Wie kannste so rumlaufen?" Wie süß. Er hat sich einen kleinen, glitzernden Stern auf einen Zahn geklebt.

Die beiden sahen sehr interessant aus. Hätten sie sich vor ein paar Jahren selbst so auf der Straße getroffen, würde wohl viel Blut fließen. Pinkes Hemd, enge Jeans, Blingbling-Ohrring an jedem Ohr. Ich glaub, die Pinkeln sich gegenseitig an, weil irgendwo stand, dass dies gut für die Haut sei. Da ich mit Betrachten beschäftigt war und nicht sofort auf ihre Kommunikationsversuche reagierte, fühlte einer der Typen sich genötigt, mir einen leichten Schubs zu geben und dies mit dem weisen Wort „öye" zu untermalen. Dies riss mich aus der Vorstellung, wie sie sich gegenseitig anpinkeln, dieses filmisch dokumentieren und ins Internet stellen. 5 von 5 Sternen! Top Bewertung.

„Wenn morgen ein Bild in der Zeitung erscheint, wie Brad Pitt und Johnny Depp sich gegenseitig in den Arsch ficken und beide diese Hose anhaben, wärt ihr beide ein Leben lang damit beschäftigt, mich zu suchen und mir diese Hose für jeden Preis abzukaufen. Natürlich erst nachdem ihr euch tagelang in eurem Zimmer eingesperrt und dieses wunderschöne Bild bis zur Perfektion versucht habt nachzustellen." Ihre Gesichter begaben sich auf eine Reise. Von Ahnungslosigkeit zu Verwirrung, über Sprachlosigkeit zu Wut und Aggression.

Die sanfte Faust, welche mir daraufhin die Nase brach, führte mich wieder zu der Frage, ob dies wohl das Ergebnis des Anurinierens war. Ich musste lachen. Ertappt und beschämt verließen die beiden zügig den Bahnhof.

Ich wische mir das Blut aus dem Gesicht. Stecke mir eine Kippe an. Gehe zu der Frau und schubse sie aufs Gleis. Ihre Haare versuchen sich von der Kopfhaut zu reißen und zu fliehen. Der Zug kommt als ¾ der Kippe aufgeraucht sind. Ich beschließe, noch ein letztes Bier zu trinken. Schleppe mich auf die offene Straße. Heimwärts. Lasse das Schicksal entscheiden. Wenn auf dem Weg ins Bett eine Kneipe mir ihre Pforten öffnet, will Gott, dass ich noch was trinke. Kurz vor meiner Wohnung finde ich eine offene Bar. Ich muss weiter machen. Ich habe nicht mehr viel Zeit. Ich setzte mich an den Tresen. Beginne. Die Fahrt heimwärts hat mich durstig gemacht. Die Menschen mich müde.

Ich reiß die Augen auf. Spring auf. Renne los. Mensch. Mensch. Mensch. Mensch. Mensch. Mann. Frau. Mann. Frau. Frau. Frau. Mann. Frau. Mann. Tür. Klo. Rein. Ich schaffe es gerade noch so zum Waschbecken. Kotze den Spiegel voll. Das Waschbecken. Alles. Nach dem ich fünf Kilo leichter bin, richte ich langsam meinen Kopf auf. Ich schaue in den Spiegeln. An den Resten meiner letzten Mahlzeit vorbei. Blutrote Augen. Leichtes Zittern. Blass. Durch das Kotzen tränen mir die Augen. *Ich habe Durst. Ich bin noch nicht lange hier. Mir tränen die Augen. Ich*

spiele Fußball. Ich bin vier Jahre alt. Ich werde angerem-
pelt und verliere den Ball. Mir tränen die Augen. Ich
schreibe eine Sechs. Ich bin 12. Mir tränen die Augen. Ich
bin wieder Single. Ich bin 16. Mir tränen die Augen. Ich
kotze. Bin zu alt. Mir tränen die Augen.

Ich betrachte die Lokalität genauer. Keine Ahnung, wo
ich hier bin. Sah von außen anders aus. Scheint eine etwas edlere Absteige zu sein. Verzierungen, Sauberkeit
und ein Flieder-Zitrus Geruch beschreiben den Donner-
balken der feineren Gesellschaft. Ich muss pissen. Kein
Pissoir da. Frauenklo. Ich manövriere mich in eine Kabine.
Mit einer Hand stütze ich mich an der Wand ab. Mit der
anderen versuche ich das Schloss meiner Hose zu öffnen.
Es fängt an zu laufen. Kurz darauf ist mein Ding auch aus
der Hose. Ich scheine alles zu treffen außer das zur Urin-
aufnahme bereite Klo. Der Fluss ergießt sich über meine
Hose, Schuhe, über die Wände, über den Spülkasten.
Über alles. Er fließt an mir vorbei Richtung Freiheit. Ich
betrachte stolz mein Werk. Ich bin davon fasziniert, dass
nicht alles in die Hose gegangen ist und entdecke dabei
einen toten, blutverschmierten Körper im Klo. Ein Säugling. Klein. Zu klein. Das dunkle Rot des Blutes lässt den
Kadaver noch blasser und unschuldiger wirken. Wahrscheinlich eine Fehlgeburt. In diesem Moment betreten
zwei bis vier junge Damen die Frauentoilette. Gleiten mit

ihren Schuhen in den Fluss aus Urin. Unterbrechen mein Meisterwerk. Ich nehme meinen Hut vom Kopf und nicke ihnen zu. „Guten Abend, die Damen." Angewidert schreien sie los, als ob ein Serienkiller ihre gesamte Familie und ihre Haustiere niedergemetzelt hätte. Ich sperre mein Ding schnell ein, bevor ich wegen sexueller Belästigung noch im Knast lande. Ich bemerke meinen Wassermangel. Kopfschmerzen. Sie pöbeln mich an. Ich soll ihren Laden nicht beschmutzen. Ihre Wörter schlagen wie Salven einer Gatling auf mich ein. Sie schubsen mich. Ich soll mich verpissen. Ich höre nicht zu. Ich spüre nur die Einschläge des Wortschwalls. Die durchzechte Nacht setzt mir zu sehr zu. Bin in Trance. Muss was trinken. Essen. Die letzten Minuten haben zu viel Energie gekostet. Während mich die Hühner anschnauzen und herum schubsen, sondert sich eine ab und spült ab. „Könnt ihr Typen euch nicht mal hinsetzen, wenn ihr pisst?", schallt aus der Kabine. „Ihr widert mich an!" Das Blut wird von dem toten Säugling gewaschen. Es zappelt im Wasser umher. Dreht sich herum. Das Wasser läuft ab. Zieht den Dreck runter. Zum anderen Dreck in der Kanalisation. Es bleib liegen. Leblos. Sauber. Unbeachtet.

Ein 5-Meter-Typ mit Löckchen und einem Schnauzer kommt in die Toilette. Guckt sich um. Versucht die Situation zu analysieren. Er kommt ziemlich schnell zu dem

Schluss, dass ich das Problem sein muss. Packt mich am Hals. Wirft mich raus. Ich bin eine Schande und habe in diesem Edeletablissement nichts zu suchen. Die anderen Gäste gucken mich angeekelt an, als mich der Typ durch die Menge, Richtung Ausgang, prügelt. Auf dem Boden entdecke ich mein Spiegelbild und die Unterwäsche der weiblichen Partygäste. Der ganze Raum ist mit Spiegeln ausgelegt. Am Ausgang weist der Riese einen anderen Mitarbeiter darauf hin, dass die Toiletten gereinigt werden müssen. Ein „Babysitter" wird wohl auch wieder gebraucht. Er nickt und macht sich auf dem Weg. Ich werde raus geschleudert und schramme mir das halbe Gesicht an dem Asphalt vor dem Laden auf. Ich raffe mich auf. Torkle. Knalle wieder hin und schleppe mich in eine Seitenstraße. Zünde mir eine Kippe an. Ruhe. Ich entspanne. Setzte mich hin und lehne mich gegen eine Hauswand. Geistig bin ich erst bei „Hinsetzen beim Pinkeln" angekommen. Die restlichen Ereignisse holen nun auf. Prasseln auf mich ein. Scheiß Laden.

Eine Tür geht auf und ein Typ, mit dem gleichen Hemd wie der Riese, kommt raus. Er ist eher klein. Dünn. Schwarze Haare nach hinten gegelt. Wie geleckt. Er hat meinen Hut auf. Ich muss ihn verloren haben. Dieser Wichser. Ich werde wütend. Versuche, meine Hand zu einer Faust zu ballen. In mir brodelt es. Aber anstatt ihn anzugreifen, kotze ich mir das T-Shirt voll. Es ist größtenteils Gallenflüssigkeit und Magensäure. Ich habe keine Kraft mehr ihn anzugehen. Nicht mal anschnauzen kann ich ihn. Kann nur in meinem Erbrochenen hocken und ihn böse, fassungslos anstarren. Mein schöner Hut... Mein Markenzeichen... Mein Weg zum Individuum... Mein Ausweg aus der Masse... Meine Illusion. Meine Lippen zittern vor Erschöpfung. Ich beiße vor Hass auf sie. Er hat eine kleine Plastiktüte in der Hand. Wirft sie in den Müllcontainer. Guckt mich an. Schaut zu mir herunter. Spuckt mir ins Gesicht. Der Speichel brennt auf den offenen Wunden.

Keine Ahnung, warum ich in dem Laden war. Ich brauche ein bisschen Zeit und ein paar Anläufe, aber dann schaffe ich es endlich hoch. Ich gehe frustriert nach Hause. „Obwohl, ob noch eins geht?", fragt mich mein Verdrängungsmechanismus. Auf dem Weg kicke ich eine leere Dose vor mir her. Sie scheppert gegen eine Wand und wieder vor meine Füße. Ich trete erneut. Jemand tritt auf die Dose. Ich werde angerempelt und gegen die Wand gedrückt. Bullerei. Verhaftet. Keine Ahnung warum. Ruhestörung. Belästigung. Sie meinen, ich solle mir was aussuchen. Hauptsache weg von der Straße. Die kleinen Steine der Wand bohren sich in meine Wunde. Mir tränen die Augen.

Teil 2

Kapitel 0

Blaues Blut

Armer Schlucker. Stinkend. Ungewaschen. Lebend. Kaum was zu essen zuhause. Hunger. Spuckt auf seinen Kamm. Kämmt sich die paar fettigen Haare auf seinem Schädel nach hinten. Versucht die Flecken von seiner Jogginghose zu wischen. Merkt nicht, dass die Flecken in seinem Gesicht viel auffälliger sind. Gesellschaftsfähig. Ausgehfertig. Er geht in den Fast-Food-Laden nebenan. Dort wird er behandelt wie ein König. Stammgast. Vier Cheeseburger, vier Euro. Passt. Er wohnt in einer sogenannten Vorstadtidylle. Eine Gegend, in die man zieht, wenn man denkt schon alles gesehen zu haben, aber in Wirklichkeit nichts erlebt hat. Man will nur seine Ruhe haben. Seine Ruhe vor der Realität. Keine Ahnung, wie er oder dieser Fast-Food-Laden dort gelandet sind. Sie sind da und verpesten die Gegend. Entziehen ihr die Energie. Die Lebenslust.

Er drückt sich das Zeug zuhause vor der Glotze rein. Soße und Teile des Belages rinnen aus seinen Mundwinkeln. Verzieren weiter seine Kleidung. Er schmatzt und seine schwarzen, fauligen Zähne zermalmen das Fleisch. In seinen Zahnlücken und Löchern gesellen sich neue Ablagerungen zu den letzten Mahlzeiten dazu. Das vergammelte Stück Wurst vom letzten Monat hält dem Druck nicht stand. Es wird aus einer Backenzahnnische gepresst und fällt in den Schlund des Mannes.

Irgendwas fehlt. Er legt die restlichen drei Burger neben den Kühlschrank und begutachtet dessen Inhalt. „Irgendwas fehlt", vermitteln ihm seine letzten Hirnzellen. Der Geruch, der ihm entgegenschlägt, verdirbt ihm den Appetit. Egal. Er sucht was Essbares. Etwas Genießbares. Eine Beilage. Sieht das Hühnchen von letzter Woche und bekommt wieder Hunger. Schiebt ein undefinierbares, grün-weißes, pelziges Etwas zur Seite. Holt das halbe Hühnchen raus und will es zerteilen. Schmeckt sicher gut auf dem Burger. Er will die Knochen nicht rauspulen. Zu viel Arbeit. Die werden sich schon beim Kauen absondern.

In der Glotze läuft Scheiße. Naja, eigentlich unterhalten sich eingesperrte Menschen über ihre Scheiße und die Scheiße der anderen. Moderne Bildung. Fundamental. Morgen ist man nicht cool, wenn man nicht die genaue Konsistenz der Scheiße dieser Protagonisten weiß.

Er schneidet sich in die Hand. War zu sehr abgelenkt von der Scheiße. Die Wunde klafft auf. Blutet. Blutet blaues

Blut. Er merkt es nicht. Merkt es. Bekommt Panik. Er wickelt ein dreckiges Tuch um die Hand, das er zwischen Kühlschrank und Herd gefunden hat. Das Blau kommt durch. Er rennt zum Telefon und will einen Arzt anrufen. Rechnung nicht bezahlt. Er zieht sich seinen Mantel über, setzt seinen Hut auf und rennt raus. Schnell zum Arzt.

Draußen ist die Hölle los. Ein Laster ist in das Haus seiner Nachbarn gerast. Unter ihm sind mehrere Menschen begraben, oder es ist nur ein Mensch an verschiedenen Stellen. Eine Frau schlägt mit einem Fleischklopfer wild um sich. Er setzt sich auf die Stufen zu seinem Haus und betrachtet das Geschehen. Die Frau zimmert das Teil einem Typen mitten ins Gesicht. Hirnmasse, Knochen-splitter und Blut verteilen sich unter ihm auf der Straße. Blaues Blut. Der Brei mischt sich mit dem Lebenssaft eines Kindes, welches gerade dabei war Fahrradfahren zu üben, als sie ihm mit einem Küchenmesser die Kehle aufschlitzte. Alle ihre Opfer haben blaues Blut. Die Frau ist zufrieden. Die Frau ist beruhigt. Die anderen Men-schen sind verwirrt. Schneiden sich in die Hände. Blaues Blut. Die anderen Menschen sind beruhigt. Es kann wei-ter gehen. Die Frau geht zu dem armen Schlucker und setzt sich neben ihn. „Ich dachte schon, ich müsste ster-ben! Ich dachte, ich wäre dran. Aber es ist normal! Und ich dachte schon!" Der Wahnsinn weicht der Erleichterung. Sie zeigte ihm ihren Fuß. Sie ist in eine Scherbe getreten und ihr Blut ist blau. Er zeigte ihr seine Hand. Alles ist okay. Die Panik ist verflogen. „Hast du das eben gesehen? Der eine Typ in der Glotze hat sein anderthalb Monaten Dünnschiss! Ich glaub, der sollte zu einem Arzt oder so gehen!"

Kapitel 1

Am Boden zerstört

Die Stadt ist in Aufruhr. Sirenen. Geschrei. Verkehrschaos. Es scheint fast so, als wäre Jesus endlich wieder aufgetaucht. Der Lärm gleitet durch die aufgeklappte Balkontür in mein Schlafzimmer. Ich bin gerade aufgewacht und versuche, meinen Kissenbezug von meiner Gesichtshälfte zu trennen. Das Blut hat beides vereint. Ich höre den Lärm und freue mich, es doch irgendwie nach Hause geschafft zu haben. „Wie geht es ihr? Lena." Mein erster Gedanke heute. „Was ist draußen los?"

Ich ruf Lena an. Vielleicht weiß sie was. Leitung überlastet. Ich lege langsam auf. Versuche nachzudenken. Chaos. Ich kann meine Gedanken nicht ordnen. Nicht fassen. Zu früh. Zu viel. Der Alkohol hat mein Hirn ausgetrocknet. Es arbeitet momentan auf Wachkomaniveau. Ich geh zum Fenster. Vielleicht weiß es was. Menschen laufen umher. Überall steigt Rauch auf. Von meinem Fenster aus sehe ich eine Hand voll Feuer. Endlich. Revolution. Endlich sind sie aufgewacht. Aufstand. Klassenkampf.

Ich mach mir einen Kaffee und setze mich auf den Balkon. Kater. Erstmal klar kommen. Dann Revolution. Vögel zwitschern und fliegen durch die stinkenden Rauchschwaden. Sie lenken meinen Blick auf die umliegenden Gebäude. Gegenüber steht eine Familie auf dem Balkon. Ich winke ihnen zu und zeige auf die Stadt. Sie zucken mit den Schultern. Haben auch keinen Plan. Ich mache mit einer Hand das Zeichen für Telefon. Sie schütteln den Kopf.

Ich hätte es jetzt beinah vergessen. Gehe zurück in meine Wohnung. Fernseher an. Schalte durch die Sender. Nichts. Bullshit. Bullshit. Ein bisschen Erbrochenes. Nichts Sinnvolles. Keine Information. Die Nachrichtensendungen müssen wohl erst auf die kreativen Ausreden der Regierung warten. Muslime. Bomben. Terror. Linke. Al-Qaida. Islamisten. Falsche Gene. Staatsfeind. Sie würfeln noch.

Dann wollen wir es mal im Internet probieren. Nichts. Ich finde nur einen kleinen Artikel. „Unruhen in den Städten". Darunter zwei bis drei Sätze: „Unruhen erschüttern die Städte. Menschen rennen auf den Straßen umher. Autounfälle führen zu vielen Verletzen." Ach nee, das hätte ich jetzt nicht gedacht.

Im Social Network werde ich fündig. Hilferufe überfluten die Startseite:

HILFE WAS SOLL ICH TUN? ICH MUSS ZUM ARZT!!!
ICH WILL NICHT STERBEN!

Was ist denn mit den Leuten hier los?

Das ist doch nicht normal?! Habt ihr das euch? Ihr wisst schon. Schreibt mir bitte eine PN. BITTE!

Haha! Bin ich jetzt adelig, oder was?

DIE STADT BRENNT!!! WAS GEHT?

...ich muss zum arzt...

WTF?!

Ist hier was in die Luft geflogen? Terroranschlag? Kommen die Islamisten?

Mein Körper ist mit dunklen Linien versehen! Was ist das?

Das sind deine Adern Mädel! Haha

Die sind aber so dunkel!!! Hilfe

Geh zum Arzt!!! das ist bestimmt nicht   normal!

Das hab ich auch! Treffen und zusammen zum Arzt?

Ich komm zu dir!

Ey! Bei mir auch! Meine Binde ist blau!

Bist du peinlich, hier so was zu schreiben?!

Ihh! Bei mir auch!

Frauenarzt vergibt erst in einem Monat wieder Termiene!! Fuck!

Trottel! TERMINE und nicht termiEne! Facepalm.

Chill ma alle! Versteh die Glotze kaum! Nur Assis draußen!

Alles Kacke!!! Scheiß Leben!!!

Was ist denn los?!

Geht dich gar nichts an!

Die Statusmeldungen verschwinden. Ein kleines Fenster öffnet sich. „Ups... etwas funktioniert nicht mehr. Ihr Account wird so schnell wie möglich repariert. Bitte probieren sie es gleich nochmal."

Krankheit? Terror? Ich guck an mir herunter. Ich gucke auf meine Arme. Alles okay. Normal. Ich pule mir die Wundkruste aus dem Gesicht. Rot. Zerreibe das Blut zwischen meinen Fingern, als ob ich anhand seiner Konsistenz irgendwas diagnostizieren könnte. Ich schnappe mir wieder mein Handy. Lena. Die Leitung ist immer noch tot. Leichte Panik schleicht sich ein. Ganz leicht. Lässt den Magen sich zusammen ziehen. Kribbeln. Un-

behagen. Unwissenheit. Erstmal hinsetzten. Eine rau-
chen. Einen klaren Kopf bekommen. Ich spiele mit den
Zähnen an meinem Piercing. Schiebe es hin und her.
Anspannung.

Kippen sind leer. Scheiße. Ich sollte rausgehen und mit
randalieren. Ich sollte mir dazu vielleicht auch ein Schild
basteln. „DAUERND SIND MEINE KIPPEN LEER! AUF-
STAND! KÄMPFE FÜR KIPPEN!" Das wäre ein toller Text.

Ich muss raus. Lage checken. Kippen holen. Ich zieh mich
an. Wische mir die getrocknete Kotze aus dem Gesicht.
Man soll sich ja nicht zu sehr von anderen beeinflussen
lassen. Sich erst mal selbst ein Bild der Situation machen.
Dafür muss ich raus. Ich greife nach meinem Hut. Meine
Finger gleiten durch die Luft, durch die verdrängten Erinnerungen, ins Leere. Er ist weg. Ich blicke betrübt auf
seinen Platz. Verliere mich kurz in Gedanken. Flashback.
Melancholie schleicht sich ein. Ich streife mir durch die
Haare und ziehe mich Richtung draußen. Trauer später.
Lenas Gesicht zieht sich wie ein Blitz durch meine Gedanken. Ich öffne meine Haustür. Erwische mich dabei,
wie ich das Schlimmste erwarte. Öffne sie ganz langsam
und leise. Ich gucke und horche. Treppenhaus scheint
leer zu sein. Gehe bis zum Geländer. Gucke runter. Leer.
Verlassen. Schritt für Schritt gehe ich die Stufen runter.

Nicht zu schnell. Ich bin beim ersten Fenster angekommen. Schaue nochmal raus. Autos hetzten vorbei. Ein paar Menschen rennen die Straße runter und rauf. Ziellos. Ich gucke nochmal zu meiner Wohnungstür. Offen. Vom ganzen Lauschen und Erkunden hab ich vergessen, sie wieder zu zuziehen. Schleiche schnell, aber leise die paar Stufen wieder hoch. Windzug. Durchzug. Die Tür knallt zu. Ich zucke zusammen. Verharre kurz. Hat keiner gehört. „So, nun runter und raus", befehle ich mir. Drehe mich um und blicke ihr ins Gesicht. Ein verheultes Gesicht. Schminke verschmiert und über ihre Wangen verteilt. Augen aufgerissen, sie sprechen von Angst und Verzweiflung. Sie zittert am ganzen Körper.

„GUCK MICH NICHT AN!", speit sie mir ins Gesicht. Stößt mich zur Seite und rennt zu ihrer Wohnungstür. Schließt sie auf und verschwindet. Die Tür kracht zu. Mein Herz rast. „Ganz ruhig!", sag ich mir. Ich atme gelöst und stütze mich an der Wand ab. „Puh." Ich betrachte ihre Tür. Ihren Türgriff. Beschmutzt. Blau. Eine blaue Flüssigkeit tropft von dem Griff. Tinte. „Vielleicht ist ihr Kugelschreiber ausgelaufen. Die Statusmeldungen lassen auf eine Krankheit schließen. Blaue Binden. Blaues Blut. Eine neue Frauenkrankheit? Was ist mit Lena?" Ich versuche irgendwie Zusammenhänge zu erschließen.

Gehe runter. Die Wände sind gezeichnet von den blutigen Handabdrücken meiner Nachbarin. Mein Herz schlägt mir bis in den Kopf. Halt die Fresse, versuche ich ihm einzutrichtern. „Halt die Fresse. Halt die Fresse. Halt die Fresse." Ich folge den Spuren nach unten. Komm endlich zur Eingangstür.

„Mist", piepst es aus einer Ecke. Ich erstarre kurz und versuche den Gefahrengrad des Geräusches zu erhören. Blicke langsam zu unseren Briefkästen. Briefe liegen auf dem Boden und eine Frau versucht diese wieder aufzuheben. Sie kann sich kaum bücken. Senkt sich langsam runter. Ihr Rücken ist dabei steif und gerade durchgestreckt. Ihre Knie mühsam geknickt. Sie wackelt mit den Fingerspitzen, obwohl diese nicht ansatzweise bei den Papieren ist. Ich atme erleichtert ein und hebe die Briefe schnell auf. Sie dreht sich zu mir und ich reiche sie ihr. Sie scheint nur aus Haaren zu bestehen. Dicke Locken hängen ihr über das gesamte Gesicht. Feine Lippen formen ein sympathisches Lächeln. Das einzige, das man in ihrem Gesicht erkennen kann. Es ist ansteckend. Es springt mir in meine hektische Fratze und bringt mich auch zum Lächeln. Sie scheint das ganze Drumherum gar nicht mitbekommen zu haben, oder sie ignoriert es gekonnt. „Oh! Vielen Dank!", entweicht sanft aus ihrer Haarpracht. „Ich will ja nicht meckern. Jahrelang versuchen mein Mann und ich endlich schwanger zu werden, da will ich mich jetzt nicht über die Nachteile des Bauches aufregen." Mir fällt jetzt erst die enorme Kugel auf, die sie vor sich her trägt. Ihr Lächeln zieht meinen Blick aber gleich wieder auf sich. „Ja, kein Problem! Immer wieder gerne. Wann ist es denn so weit?" Ihre zarte und friedliche Erscheinung lässt mich ganz vergessen, was ich eigentlich vorhatte. „Ach, das ist mir eigentlich egal. Du musst wissen, wir waren schon bei so vielen Ärzten und Spezialisten, da kann es sich so viel Zeit lassen, wie es will. Ach... entschuldigen Sie. Wie unhöflich. Ich plaudere über das Thema viel zu offen, sagt mein Mann immer. Aber, verstehen Sie, ich bin einfach so überglücklich." Ihr Lächeln verströmt eine märchenhafte Energie. „Das macht doch nichts, Ihnen scheint es ja sehr gut zu tun und Ihnen steht die Schwangerschaft außerordentlich gut", himmle ich sie an. „Aber Sie scheinen es eilig zu haben, ich wollte Sie nicht aufhalt......" Plötzlich verzieht sich ihr Gesicht. Ihr Lächeln verschwindet und sie fasst sich schmerzverzerrt an ihren Bauch. „Geht es Ihnen gut?", frage ich sie unreflektiert und stütze sie mit einem Arm. „Ja, ja, alles in Ordnung. Ich glaube, ich muss mich nur ein bisschen hinlegen." Sie versucht ein paar Schritte zu gehen, lehnt sich dann aber vor Schmerzen an eine Wand. „Moment, ich helfe Ihnen." Ich lege ihren Arm um meine Schultern und trage sie vorsichtig zu ihrer Tür. Sie wohnt gleich in der untersten Wohnung. Sie atmet tief ein und aus und sucht dann in ihrer Tasche nach dem Hausschlüssel. Nach gefühlten Stunden geht endlich die Tür auf. „Den Rest schaffe ich alleine! Es geht schon!", stöhnt sie mir zu. „Vielen Dank nochmal", quetscht sich noch an der sich schließenden Tür vorbei.

„Ob wirklich alles okay ist?", frag ich mich, als ich wieder zur Eingangstür schlendere. „Was ist denn nur los? Wer ist alles betroffen? Genau! Lena! So, raus jetzt!", erinnere ich mich und erhöhe mein Schritttempo. Ich öffne die Tür. Endlich draußen. Ein Windstoß schlägt mir ins Gesicht. Streift meinen Körper.

Neben mir schlägt meine Nachbarin auf. Das Blut spritzt alles im Umkreis von vier Metern voll. Ihr Körper zuckt wenige Zentimeter von mir. Sie starrt mich an, während das Leben sie verlässt. Ein Auge von der Wucht des Aufpralls zerplatzt. Mit Blut verdünnt fließt es über ihre verschmierte Schminke. Das andere fixiert mich. Trüb und leer. Ich schaue an mir runter. Meine Hose ist blau gesprenkelt. Die Hauswand auch. „Ob sie die Reinigung zahlen muss? Oder ihre Eltern? Ich kann mir nicht vorstellen, dass das der Staat übernimmt." Konfus bilden sich sinnlose Gedanken. Ich zittere. Vibriere. Mein Kopf versucht unkontrolliert in alle Richtungen gleichzeitig zu gucken. Zuckt hin und her.

Es sind nicht mehr so viel Menschen draußen unterwegs. Es laufen nur noch drei bis vier an uns vorbei. Ein junger Mann bleibt kurz bei uns stehen. Kramt in seiner Tasche. Holt sein Handy raus. Drückt drauf herum. Zielt auf die am Boden zerstörte Frau. Macht ein Foto. Läuft weiter. Schüttelt den Kopf. „Krass", trägt der Wind noch von seinem Mund in mein Ohr. Sirenen ziehen an uns vorbei. Fahren weiter. Ich gucke benommen dem Krankenwagen hinterher. Werde angerempelt. Ein weiterer Mensch streift an uns vorüber. Sieht sie nicht. Rutscht in ihrem Gesicht fast aus. Kommt ins Straucheln. Zermatscht es. Fängt sich wieder. Dreht sich nicht um. Rennt weiter. Zieht eine Spur aus Blut und Gehirnmaße hinter sich her.

Überreaktion. Ganz klar. Alles ist gut. Ich brauch Kippen und dann ab zu Lena. Ich geh ein paar Schritte. Sie kosten mich all meine Konzentration. All meine Muskelspannung. Trotzdem wirken sie noch wackelig und unkoordiniert. Dann fällt mein Blick nochmal auf den Leichnam vor der Haustür. Die blauen Blutstropfen ergeben sich der Schwerkraft und fließen die Wand hinunter. Teilen sich an den Fasern des Steins. Immer und immer wieder. Ein Stammbaum. Er teilt sich weiter. Bildet mehr Äste. Prallt auf den kalten Beton. Bahnt sich dort weiter seinen Weg. Zusammen mit der restlichen Brühe aus ihrem Körper fließt er in einen Abfluss. Verschwindet. Ende.

Kapitel 2

Keine Panik

Der Kiosk in der Straße ist zu. „Wegen Krankheit geschlossen", hängt über den mit Graffiti verzierten Rollläden. Großartig. Ich frag mich, ob die Nachbarin vielleicht Kippen in ihrer Tasche hat. Entschließe mich dann aber, einfach direkt zu Lena zu gehen.

Sie wohnt ein gutes Stück von mir entfernt. Zu Fuß vielleicht 15 bis 20 Minuten. Vier Kippen. Die ich nicht habe. Ich würde ja jemanden nach einer fragen, aber die Straßen werden immer leerer. Vereinzelt filzt noch ein Mensch an mir vorbei. Eigene Probleme. Nehmen mich gar nicht wahr. Naja, so bekomme ich nach hinten raus noch ein paar Momente mehr. Am Ende. Fünf Minuten länger bettlägeriges Leben, mit Schläuchen in jeder Körperöffnung.

Die Straßen sehen aus wie nach einem Nazi-Aufmarsch. Brennende Mülltonnen und Autos. Hier und da ein bisschen Blut. Diesmal aber keines der von der Polizei niedergeprügelten Gegendemonstranten, sondern das von Passanten.

Scheinbar hocken jetzt alle Menschen zuhause. Das

flimmern der Bildschirme strahlt aus den Fenstern. Die Straßen glühen und brutzeln vor sich hin. Die Menschen verstecken sich im Schein ihrer Glotze. Ablenkung. Flüchten ins Irreale. Ins Gute. In ein anderes Leben. Morgen wird das geschmolzene Plastik vom Stein gekratzt.

Ein paar Straßen weiter endlich ein Hoffnungsschimmer. Rauch quillt aus dem kaputten Fenster eines Restaurants. Warum ich darin Hoffnung sehe? Der Rauch zieht aus dem zerbrochenen Fenster. Also kann man durch dieses rein. Und was ist in Restaurants? Rauchverbot. Und wo Rauchverbot ist, ist auch ein Kippenautomat.

Ich komme näher und sehe, dass ein Auto in den Laden gerast ist. Durch die Heckscheibe lässt sich niemand im Auto erkennen. Ich stapfe über die Scherben. Sie sind im ganzen Raum verteilt. Der Spiegelboden kommt mir bekannt vor. Spähe durch die Seitenfenster des Fahrzeugs. Nichts. Leer. Die Scheibe auf der Fahrerseite ist zerbrochen. Blaues Blut tropft vom Lenkrad. Ein Windzug bläst mir den Rauch, der aus dem Motorraum dringt, in die Augen. Mir tränen die Augen und ich geh schnell aus dem Qualm zum Tresen. Als ich wieder sehen kann, fällt mir auf, dass ich schon mal in dem Laden war. Es ist auch kein Restaurant, sondern eine größere Bar. Ich bin hier gestern rausgeflogen. Ein guter Grund, sich erst mal auf einen Hocker zu setzten und ein Bier zu trinken. Ich greif mir ein Glas und zapfe mir ein kühles Blondes. Nippe. Genieße. Nicht nur der Boden ist übersät mit Spiegeln. Ich sehe mich in den Wänden und der Decke. Kann mir keinen Hut ins Gesicht ziehen.

Mein Bier ist leer. Ich werfe das Glas gegen mein Bild an der Wand. Noch eins für den Weg wäre nicht schlecht. Gehe hinter den Tresen, um nach Flaschenbier zu suchen. Kühlschrank. Auf. Bier drin. Mission erfüllt.

Auf dem Tresen liegt die Fernbedienung für den Fernseher. Der hängt in einer Ecke des Raumes. Ich versuche mein Glück und schalte ein. Und endlich kommt ein Bericht zur momentanen Lage. Ein Regierungssprecher hat sich vor den Flaggen dieser Welt aufgestellt und liest, vollkommen authentisch, von einem Stück Papier ab. Er versucht traurig, aber hoffnungsvoll in die Kamera zu blicken. Schweißtropfen bilden sich auf seiner Stirn. Keiner soll seinen enormen Ständer bemerken.

„Liebe Mitbürgerinnen und Mitbürger, ein großer Schock traf letzte Nacht einige unserer Mitmenschen. Dies führte zu Panik und Massenhysterie. Leider führte dies ebenfalls zu großen Sachschäden und Randalen. Ausgelöst wurde die Panik von einer Verfärbung des Blutes einiger unserer Mitmenschen. Dies verunsicherte viele und löste

Panik aus. Doch bisher sind keine weiteren Symptome abgesehen von der Blaufärbung des Blutes aufgetreten. Ebenso sind keine negativen Auswirkungen auf den Menschen bekannt. Panik ist somit absolut unnötig. Wir bitten Sie, zuhause und ruhig zu bleiben. Unsere besten Wissenschaftler sind gerade dabei, dieses Phänomen zu erforschen und, falls notwendig, ein Heilmittel zu finden. Ansteckung durch Luft wird bisher ebenso ausgeschlossen wie die Ansteckung durch Körperkontakt. Ob das Phänomen überhaupt ansteckend ist bzw. wie es dazu kam, ist noch nicht bekannt. Es ist ebenfalls in anderen Ländern zu ähnlichen Vorfällen gekommen. Die Situation hat sich dort bereits beruhigt. Eine Panik könnte mehr Menschen töten als das Phänomen selbst. Wir bitten Sie, sich zu beruhigen. Bitte suchen Sie keinen Arzt auf. Wir schicken Ihnen gerne jemanden vorbei. Ein Massenansturm auf Wartezimmer wird nicht empfohlen. Dies kann zu Verletzten und weiteren Sachschäden führen. Schicken Sie unserem Gesundheitsministerium eine kurze SMS an die unten eingeblendete Nummer und es wird jemand so schnell wie möglich zu Ihnen kommen. Bitte geben Sie in der Nachricht Ihren Name und Adresse sowie Ihre Sozialversicherungsnummer an. Ich bedanke mich für Ihre Aufmerksamkeit und wünsche noch einen angenehmen Tag." Die Kamera zoomt weg. Sein zufriedenes, befriedigtes Grinsen in der letzten Sendesekunde setzt einen Punkt hinter die glaubwürdige Darbietung.

Ich stehe auf und mache mich auf die Suche nach einem Kippomaten. Meist im Eingangsbereich. Doch nichts zu sehen. Ich suche den ganzen Laden ab. Nichts. Nicht beim Eingang. Nicht bei den Klos. Enttäuscht mache ich mich auf den Weg. Als ich wieder beim Auto bin, höre ich ein Stöhnen. Husten. Keuchen. Es klingt wie eine Seele auf der Flucht, die dem Körper entkommen will. Festgehalten wird. Etwas greift mein rechtes Bein. Zieht mich zu sich. Das Stöhnen wird lauter. Etwas ist unterm Auto. Ein blutverschmierter Arm wedelt hin und her. Ich bücke mich langsam und sehe den dünnen, geleckten Typen. Eingeklemmt unter dem Auto. Und – da ist er. Gleich neben ihm. Der Zigarettenautomat. Wie die Bulette eines Burgers liegt er zwischen Auto und Lackaffen. Seine Scheibe ist ebenfalls zerbrochen und die Scherben schmücken die Brust des Typen. Luftlöcher. In dem roten Meer schwimmen die Kippenschachteln wie kleine Schiffe. Hafenrundfahrt. Ich greife mir ein paar. Wische sie an meiner Hose sauber und stecke sie ein. Wieder stöhnt der Typ auf. Eine Scherbe hat sich in seinen Hals gebohrt. Er kann nicht reden. Bei jedem Versuch schwappt Blut aus der Wunde an seiner Kehle. Er hustet und ein paar Tropfen Blut landen in meinem Gesicht. Ich schaue ihn an. Ihm tränen die Augen.

Da ist noch was. Es bewegt sich knapp hinter ihm. Jedenfalls bin ich überzeugt, dass es auf mich zu robbt. Näher kommt. Die Augen des Typen verfolgen meine Hand, als ich an seinem Schädel vorbei greife. Ich packe den schwarzen Filz. Streife den Staub von ihm. Wische Blut weg. Putze ihn. Freude überwältigt mein Gesicht und ich setzte meinen Hut wieder auf. Energie durchströmt meinen Körper.

Ich stehe zufrieden auf und verlasse – wieder vollkommen – den Laden. Quietschende Reifen holen mich aus meinem Glücksrausch. Umzingeln mich. Zwei Militärwagen bleiben vor mir stehen. „Wer sind sie? Was machen sie da drin?", schallt es aus den Lautsprechern, während aus jedem Wagen ein Soldat aussteigt. Sie sind in voller Montur. Helm. Gasmaske. Sturmgewehr.

„Ich bin hier die Putzfrau. Irgendein Asi ist hier rein gebrettert und hat sich dann verpisst. Ich kündige. Das kann ein anderer wegmachen. Ich konnte gerade noch so ausweichen." Mit wütendem Blick krame ich in meiner Tasche.

Endlich kann ich mir eine Kippe anzünden. „Hey! Keine

unnötigen Bewegungen!", brüllen beide mich an.

Sie haben mich im Visier. Mustern mich. „Ist das Ihr blaues Blut auf Ihrer Hose?" Ihre Knarren sind zwischen meinen Augen.

„Nein! Meins ist das rote in meinem Gesicht und an der Hose. Habe mir auf die Zunge gebissen, als ich vom Auto weg gesprungen bin." Ich strecke meine Zunge raus und zeige ihnen meine nicht vorhandene Wunde.

„Dann ist gut." Sie nehmen die Knarren runter. „Wie heißen Sie? Wo wohnen Sie?" Er holt was zum Schreiben raus.

„Lukas Paulsen. Ich wohn hier gleich gegenüber in den Sozialwohnungen. Wieso wollen Sie das wissen?"

„L-u-k-a-s P-a-u-l-s-e-n", sagt er, während er schreibt. „Ja, genau! Paulsen mit H. P-a-u-h-l-s-e-n", korrigiere ich ihn.

„Ah, okay. Ich notiere Ihren Namen, falls Zeugen für den Unfall gesucht werden und falls Sie oder andere Anzeige erstatten wollen. Haben Sie einen Personalausweis dabei?"

„Nope! Wollte hier nur schnell putzen und nach Hause." Ich schlage auf meine Taschen. Gähne, um meine Erschöpfung zu signalisieren.

„Wird schon stimmen. Jetzt gehen Sie lieber nach Hause. Die Straßen müssen wieder auf Vordermann gebracht werden. Schönen Tag noch."

„Ebenso." Hastig mache ich mich auf den Weg.

„STOP! Stehen bleiben! Wo wollen Sie hin? Sie wohnen doch hier gegenüber!" Ihre Knarren werden wieder angelegt.

„Ich muss den scheiß Schlüssel meinem Chef bringen. Der wohnt hier um die Ecke. Will mir noch ein Arbeitszeugnis ausstellen lassen, bevor er den Scheiß hier sieht. Kann ich mich jetzt vielleicht verpissen? Hab die Schnauze voll und will nur noch ins Bett", schnaufe ich die beiden an.

„Beeilen Sie sich. Wir wollen hier aufräumen. Da stören zu viele Menschen auf den Straßen." Sie senken wieder ihre Waffen und gehen zu ihrem Auto. Ich drehe mich um. Ziehe mir meinen Hut ins Gesicht. In diesem formt sich ein hämisches Grinsen.

Ich hab es fast bis zu Lena geschafft und ich habe Kippen. Soldaten begegnen mir nun öfter auf der Straße. Alle mit Gasmasken und kompletter Ausrüstung. Gehen in Wohnungen. Tragen Leute raus. Winken einem nett zu.

„Einfach ignorieren und weiter gehen", denke ich mir,

während ich meinen Hut immer tiefer ins Gesicht ziehe.

Vor mir taucht auf einmal ein Typ auf. Er kommt aus einer Seitengasse. Kurze Haare, Springerstiefel, Harrington. Eine Narbe zieht sich über seinen Hinterkopf. Die wurde ihm auf einer Demo verpasst. Er hatte nicht demonstriert. Wollte nach einer harten Nachtschicht nur nach Hause. Arbeitete am Hafen. Hatte sich noch ein Feierabendbier gegönnt. Wurde dann auf einmal von vier Polizisten zusammen geschlagen. Eine Woche später lernte ich ihn in einer Kneipe kennen. Seine Haare abrasiert. Sein Outfit auf anti getrimmt und am Stühle durch den Raum werfen. Ich bekam einen ab und als Entschuldigung lud er mich auf ein Bier ein. Seitdem hängen wir ab und zu herum. Er fing aus Langeweile sogar mit mir die Ausbildung an. Hat sie aber kurz vorm Abschluss abgebrochen. Keine Ahnung, warum. Ich springe Tammo auf den Rücken. „Was machst du denn hier?"

„Ach du bist das!", sagt er nach einem kurzen Blick nach hinten mehr gelangweilt als erschrocken und ich steige von ihm runter. „Jo, moin! Wo willste hin?", frage ich und reiche ihm die Hand.

„Ich wollte mich ein bisschen draußen umgucken! Ich hab bis eben gepennt und in den Nachrichten hieß es, hier draußen herrscht Anomie! Ich seh hier nur Militär." Man sieht ihm an, dass er enttäuscht ist. Er würde gerne was kaputt machen. Und da alle das taten, hätte man ihm nichts nachweisen können. Er ist wirklich geknickt. Das war die Gelegenheit.

„Das Gröbste ist vorbei. Die räumen hier grad auf", bestätige ich.

„Ach scheiße! So ne verfickte Kacke!" Er ist richtig sauer. Er tritt gegen einen herumliegenden Autoseitenspiegel. Der landet neben ein paar Leuten.

Auf dem Boden vor uns liegt ein junger Mann – „Dreck" oder wahlweise „Neger", wie die zwei Bullen, die ihn runter drücken, abwechselnd titulieren. Er soll irgendwas verbrochen haben. Er röchelt. Er liegt mit seinem Hals auf einem Werbeplakat der regierenden Partei. „Für Soziales" steht fett und rot drauf. Ein lächelnder Idiot grinst uns drauf entgegen. Momentan in irgendeinem Bunker eingeschlossen. Will nichts Näheres mit dieser Gesellschaft zu tun haben. Wir treten näher.

Tammo schiebt das Plakat zur Seite, damit der Junge atmen kann. Die Bullen stürzen sich auf ihn. Drücken ihn zu Boden. Er schlägt hart auf. Wehrt sich. Sie schreiben etwas auf. Wollen seine Personalien wissen. Anzeige. Straftat. Widerstand gegen Vollstreckungsbeamte. Behinderung von Ermittlungen. Und, und, und. Platzverweis. Er wird losgelassen und muss den Stadtteil verlassen.

Ich erkenne in einem der Bullen den Kickbox-Typen von der Bahnstation damals. Versuche ihn dazu zu bringen, die Anzeige fallen zu lassen. Er ist wieder voll drauf. Erzählt mir was vom Recht des Stärkeren und so einem Bullshit. Er müsse die Straßen sauber halten. Er müsse seiner Berufung nachgehen. Ich sag ihm, er soll die Fresse halten und sich verpissen. „Jetzt muss ich dir leider auch einen Platzverweis geben. Und du bekommst eine Anzeige wegen Beamtenbeleidigung! Aber nur, weil du es bist. Sonst würde es was auf die Fresse geben." Er hat seine Augen aufgerissen. Starrt mich an und fuchtelt mit seiner Faust vor meiner Nase herum. „Verfickter Nazi! Leg deine Verkleidung ab und ich reiße dir den Arm ab und schiebe ihn dir tief in den Arsch. So, dass keine Kameradenpimmel mehr rein passen. Dann können sie auch kein ‚echtes Braunes' mehr aus dir ernten, um dem braunen Sumpf authentischer zu gestalten und sich in ihm zu suhlen", droht mein innerer Gerechtigkeitssinn ihm.

„Platzverweis?! Sind wir hier in einem Gefahrengebiet? Ich wohn hier gleich? Du kannst mich hier net wegschicken?", erkläre ich ihm und versuche meine wahren

Gedanken nicht auszusprechen.

Er atmet einmal, zweimal schnell durch die Nase. Adern pochen auf seiner Stirn. Kratzt sich über dem Auge. „Gleich werd ich richtig sauer. Ihr verpisst euch hier! Ich will euch heute nicht mehr sehen. So, ab. Sonst landet ihr gleich bei den Leichen da hinten." Er zeigt auf einen Militärlaster, in welchen gerade ein Leichensack geworfen wird. Oben drauf, auf viele andere. Er fährt wie die Müllabfuhr von Haus zu Haus. Amoklauf. Verzweiflung. Auf der Suche nach blauem Blut. Einsamkeit. Als er andere fand, richtete er sich selbst. Es gab auch Suizide und gewalttätige Übergriffe.

„Ach, fick dich!" Ich zeig ihm den Mittelfinger, schnappe mir Tammo und zieh weiter. „Ja, Mann! Fick dich!", schreit Tammo und wischt sich Blut von der Lippe. Der Bulle kommt angerannt. Packt Tammo am Kragen. „SO, JETZT HÖR MIR MA ZU, ICH BIN HIER... ach du scheiße!" Er lässt Tammo los. Seine Augen immer noch aufgerissen. Aber der Zorn und Hass sind verflogen und Angst eingekehrt. „So einer bist du!" Ich gucke zu Tammo. Er hat blaues Blut an der Lippe. Die Bullen ziehen sich ihre Schutzmasken an. „So, du Freak! Verpiss dich jetzt ganz schnell nach Hause. Komm, Kollege, wir gehen." Er steigt mit seinem Kollegen ins Auto und sie brausen davon. Der unterdrückte Junge springt auf und rennt weg.

„Was is' denn nu kaputt?", fragt Tammo und guckt mich verdutzt an.

„Dein Blut, Mann. Guck es dir ma an." Ich bin mir unsicher, was ich fühlen soll.

Er streicht sich über die Lippen. „Fuck! Was ist das denn?! Wieso ist der Scheiß denn blau?!" Er wird unruhig.

„Die haben vorhin in den Nachrichten davon gesprochen..."

„Ja, hab ich auch gehört", unterbricht er mich. „Verfickte Scheiße, wie unnötig ist das denn jetzt? Gar kein Bock drauf. Ich geh zu meinem Vater. Der ist Arzt."

„Alter, dein Vater ist Proktologe", erinnere ich ihn mit einem skeptischen Grinsen.

„Scheiß drauf! Arzt ist Arzt." Er streckt mir die Faust entgegen. Ich schlag ab und er rennt los.

„EY, WEISSTE NOCH ALS DU MICH AUSGELACHT HAST, ALS ICH DIE CHLAMYDIEN UND DEN PILZ HATTE?" Er hört mein Gebrülle noch, dreht sich zu mir um und zeigt mir den Mittelfinger. „MELD DICH NACHHER MAL BEI MIR UND ERZÄHL, WAS DEIN VADDER GESAGT HAT!" Er rennt weiter und hält seinen Daumen hoch.

Kapitel 3

Panik

Zaun. Garten. Tür. Haus. Lena. Ich steh vor ihrer Villa. Eindrucksvoll. Zwölf Zimmer. Vier davon in Betrieb. Prestige.

Ich klingle. Es summt. Zaun. Garten. Tür. Haus. Ich bin drin.

„Ich hab versucht dich zu erreichen. Hatte aber kein Netz. Geht es dir gut? Was ist mit deinem Gesicht passiert? Hast du dich geprügelt?" Sie betrachtet skeptisch mein Gesicht. Umarmt mich. Ich sie. Erleichterung. „Ich bin nur auf der Party gestürzt. Alles okay. Geht's Ben auch gut? Habe auch versucht euch zu erreichen. Draußen hat es sich einigermaßen abgeregt. Die Straßen sind leer. Aber es hat wohl ziemlich geknallt. Einige sind vollkommen durchgedreht. Es gab Amokläufe. Meine Nachbarin hat sich aus dem Fenster geworfen. Und ein Kollege hat nun auch blaues Blut. Habt ihr gehört, um was es dabei geht?" Ich merke, dass die Panik wieder ein bisschen durchbricht und gehe in das untere Wohnzimmer, setze mich hin. Echtes Leder. Meine mit Schweiß bedeckten Arme kleben leicht am Sofa. Ich hole das Bier aus meiner

Tasche. Noch kühl.

„Die haben in den Nachrichten gesagt, dass sich die Situation beruhigt hat und dass die Läden demnächst auch wieder aufmachen. Wir sollen die Aufräumarbeiten nicht behindern und ruhig bleiben. Es ist jedoch noch nicht geklärt, um was es sich eigentlich handelt. Sie versichern jedoch, dass es nicht gefährlich ist." Ihre Erscheinung hat mich wieder in den Bann gezogen. Ich kann meine Augen nicht von ihr lassen.

„Yeah! Dann lass uns shoppen gehen. Meine Mama hat sich grad umgebracht! Das wird helfen." Ich springe theatralisch in die Luft, grinse wie ein Honigkuchenpferd und schlage meine Hacken zusammen. Wende mich aber schnell wieder Lena zu. Meine Miene wird ernst. „Hat es euch eigentlich auch erwischt? Ich bin immer noch Unterschicht und kein Adel." Ich nippe am Bier und beobachte sie. Ihre Adern sind nicht dunkler als sonst. Die bläulichen Flüsse arbeiten sich ihrem zarten, schlanken Hals hoch. Nicht dunkel. Perfekt. Sie ist nicht infiziert. Sie zittert leicht. Ist aber ruhig. Angespannt. Ich steh auf und nehme sie in den Arm. „Nein, bist du nicht! Ich habe draußen welche gesehen. Du siehst normal aus." Streichle ihr über den Rücken.

„Ich weiß. Ich bin nur ein bisschen angeschlagen. Vorhin

war hier ein Mob vorm Zaun. Haben mit Farbbeuteln auf das Haus geworfen. Gebrüllt. Randaliert. Es fielen Schüsse und es wurde leise. Ich habe mich nicht getraut raus zu gucken. Ich saß mit Ben in seinem Zimmer und hab die Musik aufgedreht." Sie drückt mich fester. Wir verschmelzen. Ich dachte, die Flecken wären Kunst und gehören zum Haus.

Baam. Peng. Peng. Ben kommt schießend um die Ecke. „Ich schieße euch alle tot!" Ich zucke zusammen und lasse mich zu Boden sinken. Presse meine Hände fest an meine Brust. Lungenschuss. Ich huste. Speichel läuft an meiner Zunge vorbei auf die Bühne. Er steht erschrocken vor mir. „Das war nur Spiel. Du bist nicht tot." Ich schrecke auf und schieße ihn mit meinen Fingern ab. Er guckt mich an. „Kinder sterben nicht. Nur wenn sie alt sind. Und außerdem bist du unfair. Du darfst mich nicht abschießen. Ich habe gewonnen", behauptet er und guckt mich spitz an.

„Unentschieden?" Ich reiche ihm die Hand, um den Gleichstand zu besiegeln. „Nö! Du bist tot." Er wirft sich zu Boden und robbt ins nächste Zimmer.

„Lass uns zu dir gehen. Ich schreib unserem Vater noch kurz einen Zettel. Hier ist viel zu viel Platz und wenn draußen nochmal so etwas losbricht, fühle ich mich hier nicht sicher. Lass zu dir. Mir würde auch ein bisschen frische Luft gut tun." Ich kann sie verstehen. Je größer das Haus, desto mehr Einstiegsmöglichkeiten. Je größer das Haus, desto mehr kann man darin finden. Bei mir ist es klein, gemütlich und höher gelegen. Da muss man erst an ein paar Nachbarn vorbei, um zu mir zu kommen – zumindest wenn sie nicht schon alle aus dem Fenster gesprungen sind. Meine Anwesenheit nimmt ihr den Druck alleine zu sein. Die Anspannung weicht. Sie wischt sich eine Träne von der Wange.

„Habt ihr was zu essen im Haus? Wenn nicht, müssen wir wirklich noch mal einkaufen gehen. Mein Kühlschrank ist leer." Zu einfach. Sie haben nichts Essbares im Haus. Wir müssen ins Geschäft. Auf der Straße sind wieder Menschen. Sie gehen normal die Straße lang. Schütteln wie immer mit den Köpfen und regen sich auf. Vandalen. Unverschämt. Alles ist gut. Das Militär ist präsent. Verkörpern Sicherheit genau wie Angst. Kommt auf den Standpunkt an. Auf die Naivität.

Der kleine Supermarkt um die Ecke hat nicht geöffnet. Wir müssen also zum Einkaufszentrum.

Wir gehen an meiner Wohnung vorbei. Keine Spur mehr von der Frau. Keine Flecken. Keine Absperrung. Keine Gedenktafel. Nichts. Nur ihr Blut auf meiner Hose. Ich gehe kurz hoch. Neue Klamotten. Geld. Rucksack. Tasche. Pfefferspray. Taschenmesser. Gehe wieder runter.

Wir dürfen den Fußgängerweg nicht berühren. Ben balanciert auf dem Bordstein. Lena hockt in einem gefundenen Einkaufswagen. Ihre Beine baumeln raus. Ich hänge hinten dran und stoße mich an den Häusern und Straßenschildern ab. Wir liegen in Führung.

Autos sehen Ben. Drosseln ihre Geschwindigkeit. Suizidgefährdete Kinder. Überall. Sie hupen und treten dann wieder aufs Gaspedal. Ben lässt sich nicht verunsichern und balanciert konzentriert weiter. Die Arme von sich gestreckt, um das Gleichgewicht zu halten. Wir kommen bis zu einer Kreuzung. Ein Rad unseres Gefährts verkeilt sich zwischen den Gehwegplatten. Wir kippen um. Ben hüpft triumphierend auf dem Einkaufswagen herum. Sieg. Ich muss ihn bis zum Einkaufszentrum auf den Schultern tragen. Er hält sich an meinen Haaren wie an einem Pferdegeschirr fest. Den Kopf eitel nach oben geneigt plustert er sich auf. Für uns hat er nur noch einen herablassenden Blick übrig, während Schnodder langsam aus seiner Nase kriecht.

Wir kommen an und das Gebäude platzt aus allen Nähten. Keine Spur mehr von Angst und Unsicherheit. Konsum betäubt sie.

Wir müssen an Milliarden von Läden vorbei. Ganz hinten. Dort ist der Supermarkt. Da gibt es Grundnahrungsmittel. Um dort anzukommen, muss man einen starken Willen beweisen. Wir werden zugebombt. Angebote überall. Alles muss man haben. Ben erwischt es, als wir an dem Spielzeugladen vorbei gehen. Glasige Augen. Zitternde Hände. Er ist einfach zu schwach. „Ich habe euch besiegt. Ich verdiene ein Belohnung." In seinen Augen blitzt eine Träne auf. Entweder wir besorgen ihm etwas oder er wird weinen. Wir wollen hier nur raus. Also gehen wir kurz rein.

Wir drücken uns in das Spielzeuggeschäft. Ich verlasse den Laden nach ein paar Sekunden. Muss mich besser darauf vorbereiten. Die grellen Farben haben mich überfordert. Das schrille Licht geblendet. Ich atme durch und geh noch mal rein. Renne an Regalen mit Schminkzeug für Kinder vorbei. Vorbei an dem Kriegsspielzeug. Vorbei an Kuscheltieren von Kinderfernsehhalbgöttern. Ich kotze in Barbies Gesicht. Pause. Wo sind Ben und Lena? Meine Augen gewöhnen sich nur zögerlich und widerwillig an die aggressive Bestrahlung.

Heulende Kinder werden von ihren Eltern durch den Laden geprügelt und erpresst. Sie zeigen, was die Kinder alles nie haben werden, da ihr Wille und ihre Persönlichkeit unerwünscht sind. Sie sollen für Mutti die Wohnung aufräumen und Papa nicht nerven. Dann gibt es keine Hiebe. Dann kommt der Weihnachtsmann. Das bekommst du nicht! Du warst nicht brav.

Zwei edle, alte Damen stehen vor dem Puppenregal. Ich wische mir die Kotze mit Kinderdessous von meinem Mund.

„Sind die nicht ein bisschen zu groß?", sagt die in Pelz gebettete Dame. Füchse um Hals und Bauch gewickelt, welche krampfhaft versuchen die Fettmassen zurückzudrängen.

„Nein, daran gewöhnt man sich. Man muss nur trainieren. Nach den ersten zehn Malen tut es kaum noch weh. Ich kann´s echt empfehlen. Ich hab diesen Tipp von der Arbeitskollegin meines Mannes", schwärmt die ausgehungerte Dame, während sie nach einer realitätsnahen Babypuppe greift. Ihr Gesicht gezeichnet von Selbstzweifeln und Ängsten. Niedergeschrieben mit Schminke und Operationen.

„Die Richterin? Ist die nicht letzten Monat verstorben?", schmatzt die Fette. Die Füchse keuchen.

„Ja. Sie hatte etwas Neues ausprobiert. Sie hat sich eine Puppe eingeführt, die ihre Arme automatisch bewegen kann. Diese hat sich dann irgendwie bis zu ihren Innerei-en durchgebohrt, sich dort verheddert und einige Orga-ne aufgeschlitzt. Sie ist an inneren Blutungen gestorben. Aber diese hier können sich nicht bewegen. Diese sind optimal für den perfekten Orgasmus in Kombination mit dem Wunder der Geburt. Ich kann es nur empfehlen. Ich mach das nun seit einem halben Jahr und mein Sexleben hat sich komplett verändert. Ich bin glücklich wie nie. Nichts kommt da ran. Es heißt ja auch, dass Schwangere ganz großartigen Sex haben sollen. Kinder passen ja nicht zu uns, aber so können wir dieses Erlebnis trotz-dem teilen. Die Puppe füllt einen total aus und der Sex ist dabei noch intensiver. Das Finale bringt einen dann fast um den Verstand. Dieses kleine Ding berührt einen an Stellen, wo kein Mann hinkommt." Nur die Vorstel-lung lässt ihre Nippel hart werden. Sie drücken sich sichtbar an ihr seidenes Hemd, knapp über der Hose. Man könnte glauben, so etwas wie Freude in ihrem Ge-sicht erkennen zu können. Wahnsinn in den Augen.

Die Fette lässt ihre überdimensionalen Wangen auf und nieder schwabbeln und signalisiert somit ihre Zustim-mung. Die Füchse heulen und jaulen. Sie packen sich jede zwei Babypuppen und gehen zur Kasse.

Ben schießt mich mit einer grünen Wasserpistole ab.

Gekauft. Schnell raus.

Schnell rein. Wir suchen uns einen Vorrat für ein paar Tage im Supermarkt zusammen. Will so selten wie möglich einkaufen gehen. Unterschiedliche Marken. Alles von einem Konzern.

Ben akzeptiert, dass er keine Süßigkeiten an der Kasse bekommt. Gutes Kind. Er guckt kurz geknickt, aber versteht. Im Laden haben wir seine Wasserpistole aufgefüllt und er versteckt sich hinter einer Säule, während wir unseren Einkauf in Tüten packen. „Wie war ihr Besuch bei uns? Waren sie zufrieden?" Der Mund der Kassiererin lacht, ihren Augen ist das egal. Sie können und wollen sich der aufgezwungenen Höflichkeit nicht unterwerfen. „Ich war einkaufen und nicht ficken", erläutere ich ihr. Bezahle. Ben schießt derweil auf Leute und versteckt sich dann schnell wieder. Diese drehen sich kurz um. Sehen nichts und beschließen dann, dass es Einbildung war. Gehen schneller. Keine Peinlichkeiten. Das Wasser in ihrem Gesicht existiert nicht.

Wir können aufbrechen. Sehen den Gang entlang. An seinem Ende strahlt uns die Hoffnung in Form der Sonnen entgegen. Der Durchgang wird immer dünner, die Menschen immer dicker. Und los. Die Einkaufszentrumsmusik versetzt die Menschen in Trance. Zwei Schritte vorwärts. Stopp. Kopf nach links und rechts. Kaufen. Zwei Schritte vorwärts. Kopf nach links und rechts. Kaufen. Unser Überlebenskampf zwischen den Zombies wird unterbrochen, als die Musik verstummt und eine Stimme ertönt.

„Liebe Mitbürgerinnen und Mitbürger. Wir bitten alle Personen, welche das Phänomen der Verfärbung des Blutes betrifft, sich an den dafür vorgesehenen Treffpunkten zu sammeln. An den Ein- bzw. Ausgängen dieses Einkaufszentrums stehen Mitarbeiter bereit, die Ihnen eine Broschüre mitgeben, auf welcher Sie nähere Informationen finden werden. Ein Medikament gegen dieses Phänomen wurde entwickelt und wird am genannten Platz für Sie zur Verfügung stehen. Es wird genug für alle da sein, weshalb eine Hysterie durchaus unangebracht wäre. Kaufen Sie in Ruhe zu Ende ein. Trinken Sie noch einen Kaffee. Wir werden Tag und Nacht für Sie vor Ort bereit stehen. Wir danken für Ihre Aufmerksamkeit und wünschen Ihnen noch einen angenehmen Einkauf."

Der Trend geht nun merklich gen Ausgang. Gedränge. „Sie haben meinen Kollegen gehört. Bleiben Sie ruhig und vermeiden Sie eine Massenpanik." Das Militär ist eingetroffen. Positioniert sich demonstrativ. „Wir haben genug und sind rund um die Uhr erreichbar." Der Trend

schwenkt um. Die Musik wird wieder eingespielt. Erleichterung.

Wir kommen raus. Bekommen keinen Flyer. Kein blaues
Blut. Kein Flyer. Haben eh keine Hand frei, um noch was
zu tragen. Draußen ist das Licht sanfter und die Sauer-
stoffsättigung niedriger. Wir gehen wenige Schritte und
beschließen eine Pause zu machen. Wir setzten uns auf
den Boden neben eine Bauminsel. Lena und ich rauchen
eine, während Ben mit seiner Wasserpistole auf Mons-
terjagd geht. Er hüpft umher und kämpft gegen imaginäre Drachen und Piraten. Verschanzt sich in einem Gebüsch. Findet einen Stock. „Haha! Ich habe ein Schwert!",
brüllt er. Seine Augen glühen und er wirft die Pistole weg.
Er bindet sich nicht an materielle Güter. Den Stock be-
hält er. Es ist ein schöner Stock. Griffig und stabil. Die
Äste sind so gewachsen, dass sie einen Griff und eine
Parierstange bilden. Die Klinge ist lang und wird zum
Ende hin spitz. Er springt zu uns. „Ihr seid böse Ritter! Ich
werde euch vernichten. Ich habe ein Feuer-Super-
Schwert!" Ich entwaffne ihn mit einem Handgriff. „Schönes Schwert. Da fehlt aber noch was Wichtiges", beurtei-
le ich, während ich es inspiziere. „Was denn?", fragt er
interessiert. Ich hole mein Messer raus. „Darf ich es
schleifen? Ein Schwert muss scharf sein." Er nickt. Als ich
fertig bin, gehen wir los. An der Kreuzung liegt immer

noch der Einkaufswagen. Wir legen unsere Sachen rein. Ben steigt oben drauf. „Auf geht's!", befiehlt er und zeigt uns mit seinem Schwert die Richtung.

Es rattert und scheppert fürchterlich. Der unebene Fußweg erzeugt ein Konzert aus Flaschen, Dosen und anderen Instrumenten. Gepflasterte Einfahrt. Die Gitter des Wagens spielen ein Solo. Ampel. Stilistische Pause, um Spannung zu erzeugen. Über die Straße. Die Räder erzeugen ein leises Trommeln. Weiterer Spannungsaufbau. Bordstein. Alle Instrumente hauen in die Tasten. Unsere Mitbürgerinnen und Mitbürger sind weniger begeistert. Musik ist halt Geschmackssache.

Noch zwei Straßen, dann sind wir bei mir. In dieser gibt es viele Cafés und einen Platz mit Bänken, einem kleinen Spielplatz, einer Hundewiese und einem Fußballfeld. Er wurde vollkommen vom Militär eingenommen. Große Zelte und eingezäunte Areale schmücken jetzt die Landschaft. Menschen gehen in die Zelte. Viele Menschen. Auf der anderen Seite kommen sie wieder raus und stellen sich in ein umzäuntes Gebiet. Die Menschen stehen herum, unterhalten sich, lesen Zeitung oder gucken nur in die Luft. Ein Laster kommt. Einige steigen auf die Ladefläche. Werden abtransportiert. Ein harmonisches Beieinandersein. Wir gucken uns das Bild an. Ein Soldat winkt uns zu. „Gehen sie weiter." Wir winken zurück. Er fasst sich genervt an die Stirn. Kommt zu uns. „Verlassen Sie das Gebiet. Es gibt hier nichts zu sehen. Es handelt sich nur um ein eingerichtetes Untersuchungszentrum. Gehen Sie weiter und lassen Sie uns hier unsere Arbeit machen." Er ist auffallend hektisch. Scheint etwas kaschieren zu wollen. Der Verschluss seiner Handfeuerwaffe ist offen.

„Du hast ein Gewehr. Ich bin aber trotzdem stärker", warnt Ben ihn vor.

„Passen Sie mal lieber besser auf Ihren Sohn auf. Ein bisschen mehr Respekt würde ihm nicht schaden", belehrt uns der Typ. „Ben, darf man schwächere Menschen ärgern? Was macht man denn, wenn einer nicht geärgert werden will, weint oder Angst vor dir hat? Ich mein, guck ihn dir an. Du hast ihm richtig doll Angst gemacht. Er weint nur nicht, weil sein Chef dahinten steht", frage ich Ben.

„Entschuldigung. Ich hab nur Spaß gemacht. Ich bin zwar stärker, werde dir aber nichts tun. Ich werde dich vor deinem Chef beschützen." Ben ballt seine Faust und schüttelt sie in die Richtung des Offiziers.

„Es reicht, gehen Sie weiter!", befiehlt der Soldat immer wütender.

„Ich glaube, der hat deine Entschuldigung angenommen. Lass uns weiter gehen. Ich habe Hunger", entscheidet Lena. Schiebt den Wagen weiter und streckt dem Soldaten die Zunge raus. Der Soldat geht wieder zu seinem Posten. Beleidigt. Gedemütigt.

Vor der Haustür nehmen wir die Tüten aus dem Wagen. Schieben ihn vom Gehweg zu den Fährradständern an der Straße und klettern zu meiner Wohnung. Bepackt werden aus den vier Stockwerken gefühlte acht. Wir füllen den Kühlschrank. Ben leert die Tüten, Lena und ich verstauen die Sachen. Zu wenig Platz. Logistikfehler. Ich war noch nie gut in Mathe. Statt etwas wegzuschmeißen, sortieren wir die kommende Mahlzeit aus und präsentieren sie schon mal auf dem Tisch. Nudeln. Fertigsoße. Wird schon nicht schlecht werden.

„Ich geh kurz duschen. Ihr könnt es euch hier gemütlich machen." Die Wohnung besteht aus einer offenen Küche, die an den Flur zur Haustür angebunden ist. Gegenüber der Haustür sind zwei weitere Türen. „Das rechte Zimmer ist das Schlafzimmer, mit Glotze, Bett und Balkon. Das linke ist das Wohnzimmer mit Sofa und nem Tisch", kartographiere ich mein Domizil.

Ben rennt ins Schlafzimmer und hüpft auf dem Bett herum. Ich gehe mit Lena auf den Balkon. Wir stecken uns jeder eine an und betrachten die Silhouette der Stadt.

„Wie kannst du dir die Wohnung leisten? Der Stadtteil. Frisch saniert, wie's aussieht. Das muss doch richtig Geld kosten", fragt Lena.

„Sagt die, die in einer Villa wohnt. Ich habe reiche Eltern." Ich muss lachen. „Aber die geben mir kein Geld. Offiziell wohnt hier noch der Vormieter drin. Der wollte bei den Umbauten hier nicht ausziehen und wohnte hier 20 Jahre. Deshalb zahlt er nur die Hälfte. Sie konnten ihn nicht rausschmeißen. Als er den Gerichtskrieg gewonnen hatte, zog er hier aus, weil ihm die Leute zu spießig wurden. Ich fange bald an zu arbeiten und brauchte eine Bude. Nun steht sein Name an der Tür und ich wohne hier oben." Ein Knall unterbricht mich. Schüsse. Schreie. Über dem Haus neben uns steigt Rauch auf. Die Vögel im Baum vor dem Balkon fliegen panisch weg. Endlich Ruhe. Ich schnippe die Kippe vom Balkon. „Ich geh duschen. Das hab ich heute Morgen schon gesehen." Die Schüsse müssen nah dran sei. Ich muss lauter sprechen, damit Lena mich versteht.

Ich werfe mein T-Shirt aufs Bett neben Ben. Der sitzt nun ruhig da. Er hat meine Bilderbücher entdeckt und blättert sie durch. Ich stolpere aus der Hose. Schnappe mir eine neue Unterhose aus dem Schrank und gehe durch die Tür gegenüber ins Badezimmer.

Der kleine Raum füllt sich mit Dampf. Das restliche Blut wird von mir gewaschen. Herrlich. Frische. Das Wasser ist zu heiß. Gleich gewöhne ich mich daran. Gucke in den Strahl. Das Wasser sagt mir, dass alles gut ist. Ich stehe da und genieße. Als die Duschtür aufgeht, dreh ich mich erschrocken um. Lena steht nackt vor mir. Ich schwitze Ejakulat. Das Wasser spült es weg.

„Ich wollte dich mal nackt sehen", erläutert sie unbehelligt, während sie zu mir steigt. Die Kabine ist nicht größer als eine Telefonzelle. Ihre Brüste berühren mich. Ihre Nippel streicheln mich. Das Wasser lässt sie glänzen. Schimmern. Sie dreht sich um. Streift mich. Mein Ständer wackelt wie ein Ast im Wind. Ich spüre meinen Herzschlag im ganzen Körper. Pulsieren im Penis.

„Seifst du mich ein?" Ich kann nicht reagieren. Mein Blick folgt dem Wasser, das ihren Rücken runter läuft. „Hallo? Kannst du mich bitte einseifen?", wiederholt sie, mit einem leichten Lächeln. Ich komme zu mir. „Seife. Seife. Wo ist die scheiß Seife. Nicht im Duschregal. Da!", wiederholt meine Wollust. Sie treibt um den Ablauf herum. Ich bücke mich langsam. Folge dem Wasser, welches dieser Perfektion des menschlichen Körpers herunterläuft. Greife zwischen ihre Beine. Zum Abfluss. Ein Schlag gegen die Duschtür. Ein zweiter. Feine Risse ziehen sich durch das Glas. Lena schreit. Panik. Ein Soldat steht im Badezimmer. Die Duschtür öffnet sich leicht. Eckeinstieg. Noch ein Schlag. Eine Hand ragt rein. Das Wasser färbt sich blau. Die Hand wird blass. Ich trete durch die Öffnung. Er taumelt zurück. Ich drücke die beiden Schiebetüren zusammen. Lena schreckt hinter mich. Ihre Brüste fest an meinen Rücken gedrückt. „VERPISS DICH!!" Der Soldat schlägt weiter gegen die Tür. Weitere Sprünge zeichnen sich im Glas ab. Er presst seine Hände gegen die Tür. Rutscht ab. Der Dampf hat alles eingenebelt und einen Wasserfilm hinterlassen. Seine Hände sind blau verschmiert. Ein Finger fehlt. Die Wunde sprenkelt die ganze Tür blau. Durch das beschlagene Glas kann man sein Gesicht nicht erkennen. Nur die Risse, die uns zeigen, dass er gleich bei uns ist. Er stöhnt. Drückt weiter gegen den Durchgang. Ich halte dagegen. Lena hat sich wieder gesammelt. Stellt sich neben mich. Wir drücken so fest wir können gegen die einzelnen Segmente der Schiebetür. Rutschen ab. Suchen wieder Halt. Wir hören, wie sich die Risse immer weiter durchs Glas fressen. Der Soldat donnert und drückt weiter von außen. Ich komme gegen den Temperaturregler der Dusche. Dampf. Schmerzen. Hitze. Ich zucke nach hinten, verziehe mein

Gesicht und meine Seite öffnet sich. Mit meinem Rücken stelle ich das Wasser ab. Er reißt die Tür ganz auf. Greift. Will. Jetzt kann man sein Gesicht erkennen. Blass. Bleich. Zerfetzt. Er hat keine Unterlippe und man hat einen Blick auf gelbe, schiefe Zähne, die aus seinem Kiefer ragen. Seine Augen sind milchig und leer. Von seinem Kiefer tropft blaues Blut und versaut mir meine Badematte. Er stöhnt und schnappt, dabei quillt immer mehr blaue Masse aus seiner Fratze. Er packt Lena am Arm. Sie schreit schmerzverzerrt und panisch auf. Ich trete nochmal nach ihm. Er torkelt nach hinten. Zieht sie mit raus. Beide knallen auf den Boden. Ben steht hinter ihnen. Sein Entsetzten ins Gesicht geschrieben. Sein Schwert in der Hand. Weint. Zittert. Angst. Panik.

Lena stößt sich von dem Soldaten weg. Wieder zu mir. Ich springe auf seinen Bauch. Seine Panzerung tut ihre Arbeit. Keine Reaktion. Ich greife nach etwas Hartem im Regal. Nichts. Deodosen. Erste-Hilfe-Kasten. Anti-Pilz-Creme. Fön. Ich greife den Fön und prügle auf ihn ein. Der Haartrockner zerbirst an seinem Helm. Er packt mich am Arm und zieht mich langsam zu sich runter. Ich spüre, wie Gefäße in dem Körperteil platzen. Sein Stöhnen wird lauter. Seine Zähne knirschen. Kauen. Beißen. Ein Stock ragt mir ins Sichtfeld. Ich nehme Bens Schwert. Er reicht es mir. Ich gebe dem Ziehen nach und komme so an den

Helm des Soldaten. Drücke seinen Kopf zurück und schlage ihm das Holz durch den Unterkiefer in den Schädel. Ein Schwall blauen Bluts sprudelt aus der Wunde. Die Hand löst sich von meinem Arm. Es ist vorbei. Ich stehe auf. Helfe Lena hoch. Wir zittern. Herzen rasen. Sie geht schnell zu Ben. Nimmt ihn in den Arm. Sie setzten sich auf Bett.

Ich stehe im Bad. Meine Gedanken sind im gesamten Raum verteilt. Flucht. Ich hole tief Luft. Atme. Beruhige mich. Finde die blauen Flecken überall eigentlich recht hübsch. „Ich sollte es so lassen. Die Leiche müsste weg. Aber ansonsten... Hat Stil." Mein Inneres schaltet auf Ablenkung.

Ich nehme meine Boxershorts von der Heizung über dem Klo. Sie hat mehrere Sprossen, damit man Handtücher und ähnliches aufhängen kann. Sie ist sauber. Ich ziehe sie an und verlasse das Bad. Die Wohnungstür hat sich mal wieder nicht geschlossen. Stöhnen drängt sich in die Wohnung. Noch einer. Ein Bulle. Sein Bein ist mehrfach gebrochen und die Knochen ragen aus dem Oberschenkel. Die gleichen leblosen, milchigen Augen. Jemand hat ihm das halbe Gesicht abgerissen. Tiefe Schnitte durchziehen seine Fratze. Ein Auge blickt mich direkt aus der knochigen, weißen Augenhöhle an. Das andere baumelt ihm im Gesicht herum. Nur noch vom Sehnerv gehalten. Ich lass ihn rein kommen. Schließe die Tür zum Schlafzimmer. Er folgt mir in die Küche. Die Arme von sich gestreckt. Er schlürft immer näher. Aus der offenen Wunde am Bein spritzt bei jedem Schritt blaues Blut an die Wand. Seine Wange reißt weiter auf. Er brüllt. Ist geil. Sein Mund öffnet sich nun fast bis zu den Ohren. Stört ihn nicht. Er reißt seine Fresse weiter auf.

Tisch. Ich knalle gegen meinen Esstisch. Sixer fallen zu Boden. Er stöhnt lauter. Fletscht die Zähne. Ich bin barfuß. Die Küchenmesser sind zu weit weg. Die Scherben zeigen mir den Weg. Ich kann mir keine Verletzung erlauben. Ich hieve mich auf den Tisch. Robbe über ihn und bewerfe den Bullen. Teller. Aschenbecher. Sonnenbrille. Der Tisch ist leer. Ihn interessiert das gar nicht. Schlürft weiter. Kommt immer näher. Ich sehe meinen Besen. Strecke mich zu ihm. Berühre ihn leicht. Kann ihn nicht fassen. Hände zittern zu sehr. Ich schüttle sie aus. Neuer Versuch. Lehne mich weiter über die Tischkante. Kann ihn gerade so mit meinen Fingerspitzen zu mir kippen. Habe ihn. Ich klemme den Besen zwischen Tisch und Wand. Druck. Er bricht. Ich habe eine Waffe. Ich hocke auf dem Tisch und trete den Bullen gegen die Brust. Spielraum. Ich hüpfe vom Tisch und jage ihm den Stiel durchs Brustbein. Durchs Herz. Er tritt hinten wieder raus. Ich werfe mich mit meinem ganzen Gewicht gegen den Stiel. Wir stolpern ein paar Schritte zurück. Prallen gegen die Wand. Wärmedämmung. Das spitze Ende gleitet in die Isolation. Der Bulle bleibt an der Wand hängen. Sein Bein ist nun vollständig durchgebrochen. Es ragt in einem unnatürlichen Winkel zu mir.

Er schnappt immer noch nach mir. Kein Empfinden. Er versucht vorwärts zu kommen. Langsam gleitet sein Körper voran. Der Stab bleibt stecken. Blut strömt aus der Wunde. Er will nur zu mir. Dadurch weitet sich die Verletzung seiner Brust bis über seinen Bauch aus. Der Riss frisst sich ohne Probleme durch die blasse Haut. Bei jeder Bewegung wird die Wunde größer, bis seine Eingeweide ihn verlassen und sich auf dem Boden verteilen. Ich geh auf ihn zu. Greife an seinem Dickdarm vorbei zu seinem Gürtel. Ziehe am Knopf. Löse die Sicherung. Habe seine Knarre. Ich halte sie ihm an den Kopf. Klack. Nichts passiert. „Scheiße!" Ich löse abermals eine Sicherung. Sein Blut und seine Hirnmasse dekorieren meinen Flur. Er sackt zusammen und bleibt am Stab hängen. Dieser fängt an sich durch das Gewicht zu biegen. Langsam bewegt sich der Körper vorwärts. Der Bulle klatscht auf den Boden.

Ich sehe noch einen an der Tür stehen. Kein Bulle. Kein

Militär. Zivilist. Ich knall die Tür zu.

„Wieso hast du denn überhaupt reingelassen?!", brüllt mich Lena an. Ihr Gesicht ist verzogen. Blass. Panisch. Sie hat nach dem Schuss die Tür geöffnet. Ben liegt unter dem Bett. Kissen liegen wie Barrikaden um ihn herum.

Ich zeig ihr die Waffe. „Bullen haben eben Knarren. Und wenn das hier das ist, was ich denke, werden wir jede Menge brauchen", sage ich ihr und stütze mich an meinen Knien ab. Ruhe. Ein- und ausatmen.

„UND WAS IST DAS HIER?!" Sie ist immer noch nackt. Ihr Körper ist nur von den Blutspritzern des Soldaten bedeckt.

„Guck sie dir doch mal an. Schmerzen scheinen ihnen nichts auszumachen. Sie sind sogar teilweise zerfetzt. Als ich dem die Stange reingerammt habe, hätte auch in Japan ein Sack Reis umfallen können. Der war ganz woanders. Ein Kopfschuss tötet sie. Das sind Zombies." Beim Aussprechen klingt es doch merkwürdiger als gedacht. Meine Mimik lässt jedoch keine Missverständnisse zu.

Es klopft an der Tür. Dröhnt. Hämmert. Ich hänge die Kette ins Schloss und schließe ab.

„Lass uns erst mal ins Zimmer gehen und uns abregen." Ich steige über den Soldaten. Nehme das Handtuch von der Heizung im Bad. Versaut. Ich lege es über das Gesicht des Toten. Gehe an Lena vorbei ins Schlafzimmer. Wühle in meinem Schrank nach einem sauberen. Reiche es ihr. Ein schwaches „Danke" schleicht leise in mein Ohr. Wir starren uns an. Eindringlich, als ob unsere Augen Erklärungen liefern könnten. Sie vergewissern uns nur den Ernst der Lage.

Kapitel 4

Auf Anfang

Lena und Ben haben sich ins Wohnzimmer zurückgezogen. Sie versucht ihm und auch sich selbst zu erklären, was hier los ist. Ich durchsuche die Leichen. Armeemesser. Funkgerät. Zigaretten. Zwei Pistolen. Vier Magazine. HK G36. Drei Magazine. Granate. Brauchbar.

Ich lege die Sachen auf den Küchentisch. Schleppe die Leichen zum Balkon. Das blaue Blut zieht in den Holzboden. Beide draußen. Ich muss lachen. Das ist alles zu bescheuert. „Habe lange drauf gewartet", flüstert mein Sarkasmus. Ich zünde mir eine Kippe an. Sehe von meinem Balkon in einen zur Straße hin offenen Innenhof. Dort stöhnen und schreien sie. Zombies und Menschen.

Ein Ehepaar will mit ihrem Kinderwagen zu ihrem Auto kommen. Hektisch laufen sie durch etwa ein Dutzend Zombies. Der Mann läuft vorweg und verpasst jedem Zombie, der sich ihm in den Weg stellt, einen Schlag mit seinem Hammer. Hinterlässt eine Spur aus Blut, Zähnen und Hirnmasse. Er ist beim Auto. Schließt auf. Die Frau eilt hinterher. Zu schnell. Der Kinderwagen kommt ins Wackeln. Kippt. Das Baby wird raus geschleudert. Rollt den Zombies in die Arme. Während diese es zerpflücken, steigt die Frau ein. Auto starten. Sie fahren los.

Schüsse. Fluchen. Ein Stockwerk unter mir ballert Ed mit seiner Knarre in den Hof. „Ihr Fotzen! Ihr könnt doch nicht einfach abhauen! Nehmt das!" Magazin alle. Neues. Weiter. Eine Kugel durchbohrt die Schulter eines Zombies. Fliegt weiter. Sprengt die Seitenscheibe des Autos. Trifft den Vater in den Kopf. Führerlos driftet das Auto nach links und rechts. Knallt gegen einen Baum. Die Frau springt raus. Taumelt. Rennt. Übersieht ein Auto. Wird erfasst. Zerplatzt. Ihr Blut versperrt dem Fahrer die Sicht. Er schleudert in die Zombieherde, die sich über das Baby hermacht. Vergeltung. Dann gegen eine Hauswand. Keine Regung. Keiner kommt raus. Die überrollten Zombies schleppen sich, oder besser das, was von ihnen übrig ist, zu dem Wrack.

„Alter...", stammle ich. Klammer mich ans Geländer. Merke nicht, dass meine Kippe schon bis zum Filter runtergebrannt ist. Verbrenne mich, als ich ziehen will. „Aua!"

„Ach! Hi! Haste diese Schweine gesehen? Hab sie voll erwischt." Stolz guckt er zu mir hoch.

„Wedel ma net so mit deiner Knarre vor mir rum", bitte ich ihn, während ich über meine Lippe lecke und reibe.

Er zielt auf mich. Klack. Klack. „Ist leer! Keine Angst. Und was geht so bei dir?" Er wirft die Knarre in sein Zimmer und lehnt sich locker aufs Geländer.

„Wie, was geht bei mir? Schnallste überhaupt was? Haste die Zombies da draußen überhaupt geplant?" Ich bin ein bisschen sprachlos.

„Wie, Zombies? Was soll denn der Scheiß?! Die sehen aus wie immer. Verarsch mich nicht! Ich bin voll drauf. Ich glaub ich bin den dritten Tag wach oder so." Er zieht seine gepiercte Augenbraue hoch. Blickt misstrauisch.

Er sieht aus wie immer. Was nicht unbedingt heißen soll, dass er fertig aussieht. Er sieht einfach aus wie immer. Seine Augenlider auf Halbmast. Haare unter einem zu großem Baseballcap versteckt. Den immer gleich langen Drei-Tage-Bart. „Hab eine geile neue Lieferung bekommen und die erst mal selbst angetestet. Heiße Ware, sag ich dir. Ich hab mir grade 'n Bong fertig gemacht. Willst du runter kommen und mit einen durchziehen?" Erwartungsvoll guckt er mich an. Seine Augenlider bewegen sich nicht. Nur die Brauen lassen mich seine Gefühlswelt erahnen. Die Erwartung schwindet. „Ach nee, du kiffst ja nicht. Pussy. Aber komm, gib dir mal nen Ruck. Komm schon! Komm schon! Hab auch Bier! Nee? Egal! Tschö." Er ist drinnen, bevor sein Wortschwall mich überhaupt erreicht hat. Seine zugezogene Balkontür schickt einen Eindruck der Atmosphäre seiner Wohnung zu mir hoch. Nicht nur Gras. Nicht nur ein bisschen Bong rauchen. Chemisch. Ätzend. Bestimmt experimentiert er wieder in seiner Küche mit neuen Substanzen. Weed lässt ihn nicht ganz abdrehen. Ich schaue mich erneut um. Die anderen Balkone. Niemand. Leer. Im Gebäude gegenüber bewegt sich im zweiten Stock die Gardine. In jedem Fenster des Hauses sind die Gardinen zugezogen. Da auf den Straßen eh überall Leichen liegen oder laufen, werfe ich die zwei von meinem Balkon einfach dazu.

Ich geh auch wieder rein. Fülle Wasser und Spülmittel in einen Eimer. Zeitreise. Normalität. Wieder auf Anfang. Ich klatsch den Lappen auf den Boden und fange an zu wischen. Dass man immer wartet, bis es nicht mehr ertragbar ist. Die Wollmäuse haben sich mit der blauen Flüssigkeit vollgesogen und kommen nun nicht mehr vorwärts. Ich verteile sie in der Wohnung. Frage mich, ob ich es nicht noch schlimmer werden lassen kann. Ist doch eh bald wieder alles versaut. Ich fege noch schnell die Scherben und Innereien auf. Bin wieder in der Vergangenheit.

Lena und Ben sind noch nicht raus gekommen. Es ist ruhig in der Wohnung. Das Trommeln an meiner Wohnungstür hat aufgehört. Vielleicht sind die bei Ed und ziehen erst mal einen durch. Ich gucke durch den Türspion. Noch da. Schlürfen die Treppen rauf und runter oder stehen nur herum. Voll wie bei einer Wohnungsbesichtigung. Stimmung ebenfalls gleich. Gegenüber ist die Haustür offen. Sie stolpern rein und raus. Haben Verletzungen jeglicher Art. Ein Zombie ohne Arme kommt ins Straucheln. Fällt die Treppe runter und reißt dabei noch zwei Kollegen mit.

Es liegt am blauen Blut. Die beiden hier drin: Blau. Die alle da draußen: Blau. Ihre Klamotten sind voll mit dem blauen Blut. Auch die, die ich vom Balkon aus gesehen habe, hatten alle das Symptom. Der Bulle und der Soldat hatte teilweise auch rotes an sich.

„Lass uns Essen machen." Lena kommt aus dem Wohnzimmer und reißt mich aus meinen Überlegungen. „Er ist eingeschlafen." Sie schließt leise die Tür und geht in die Küche. „Oh, du hast aufgeräumt! Sehr gut! Da hatte ich gar keinen Bock drauf. Hast du auch den Urinstein aus der Dusche gekratzt?" Sie wirft mir einen ernsten Blick zu. Lächelt und greift nach einem Topf an der Wand.

„Endlich Essen! Ben konnte bei dem Geknurre kaum einpennen." Sie ist wie ausgewechselt. Hat sich scheinbar mit der Situation abgefunden. Leider ist sie auch wieder angezogen. Verblüfft betrachte ich sie. Sie hat schnell eine innere Mauer errichtet.

„Ist bei dir alles okay? So was passiert hier normalerweise nicht so exzessiv. Scheint Vollmond zu sein. Wie geht's dir?" Ich nehme einen anderen Topf und mache mich an die Soße.

„Wie geht es einem nach so einer Sache?" Sie guckt auf den Boden und lehnt sich an die Spüle. „Ich weiß es nicht. Ich versteh es nicht. Ich frag mich, was mit meinen Freunden ist. Aber ich fand dich vorhin echt gut. Du hast gleich reagiert. Danke! Keine Panik. Nachgedacht und gehandelt. Ohne dich wären wir jetzt wie die." Ihre Mauer ist wohl doch noch nicht so stabil. Sie packt meine Hand.

„Keine Panik? Nee, da hast du was falsch verstanden. Ich war panisch. Ich bin kopflos. Ich habe auf Autopilot gestellt. Kannst dich bei meinem Unterbewusstsein bedanken. Es heult nicht lange herum und stellt sich keine Fragen, warum das alles nur geschieht, wenn man momentan an der Situation eh nichts ändern kann und Taten erforderlich sind. Wir müssen jetzt kämpfen. Wenn wir den Vorbildern folgen, kommen heftige Zeiten auf uns zu. Wir brauchen Nahrung, Trinken, Klopapier, Überlebenswillen und viel mehr. Wir müssen jetzt planen.

Apropos, lass uns schnell die ganzen leeren Bierflaschen aus dem Schlafzimmer ausspülen und mit Wasser auffüllen. Falls das Wasser ausfällt und knapp wird. Eine Sorge weniger." Ich merke wie mein Herz wieder anfängt zu rasen. Mein Kopf platzt jede Sekunde vor Gedankengängen.

„Ganz ruhig. Wir packen das schon! Du bist ein paar Schritte zu weit. Das wird sich da draußen schon regeln." Sie nimmt mich in den Arm. „Noch haben wir Zeit. Lass uns erst mal was essen." Sie redet ganz ruhig und sanft.

„Wir müssen das Essen rationieren", unterbreche ich sie.

„Nein, das haben wir uns jetzt verdient." Sie küsst mich auf die Wange. Meine Panikattacke ist vorbei. Ich gucke sie an und weiß, dass sie Recht hat. Wir können uns nur gegenseitig vom Wahnsinn fern halten.

„Dann aber richtig." Ich hol ein paar Rinder-Minutensteaks aus dem Kühlschrank. „Die zerhacken wir und hauen die noch in die Soße. Wir müssen eh irgendwann hier raus und Essen besorgen. Dann kann man die Zeit davor auch genießen."

„Ich bin mir sicher, dass sich nichts regeln wird. Wir werden lernen müssen mit der Situation umzugehen oder

draufgehen. Ich weiß nicht, wie lange wir überleben",
denke ich mir. Mein Pessimismus versucht mich aufzubauen. Ich schnappe mir ein Bier und lass mich aufs Sofa
in der Küche fallen. Lena legt die Nudeln ins kochende
Wasser. Brät das Fleisch an. Wie früher.

Kapitel 5

Informationen

Sondersendung: 16:30 Uhr

„Liebe Mitbürgerinnen und Mitbürger, die Situation wurde von Seiten der Regierung nicht unterschätzt, sie ist nur eskaliert. Der Herzinfarkt eines ausländischen, älteren Mitbürgers löste eine Massenpanik in einem eingerichteten Untersuchungszentrum aus. Augenzeugen zufolge rissen daraufhin nicht-deutsche Autonome die Zäune ein und versuchten den Medikamentenvorrat zu plündern. Das Militär versuchte die Situation zu schlichten, musste jedoch aus Notwehr einige Angreifer erschießen. Noch nicht bestätigten Angaben zufolge standen die Verstorbenen einige Zeit später wieder auf und fielen über die Lebenden her. Ebenso wurden von offizieller Seite die Gerüchte noch nicht bestätigt, dass es bei Leichentransporten zu ähnlichen Vorfällen gekommen sei. So sollen einige heute Morgen Verstorbene die Fahrer der Transporter angegriffen haben. Ein Fahrzeug fuhr daraufhin in eine Kirche. Dort wurde gerade eine Messe abgehalten. Es gibt unter den Toten viele Deutsche zu beklagen. Experten reden von einem Terroranschlag. Islamisten könnten daran beteiligt gewesen sein. Diese nutzen scheinbar die Aufstände der letzten Nacht für ihre grauenvollen Pläne. Ob die Ereignisse in Zusammenhang miteinander stehen, ist noch unklar. Es wird geraten zuhause zu bleiben und Ruhe zu bewahren. Die Regierung berät sich in diesem Moment in einer Sondersitzung."

Sondersendung: 18:00 Uhr

„Die Situation ist noch nicht unter Kontrolle. Es besteht aber kein Grund zu Panik. Die Verhandlungen der Regierung sind noch in vollem Gange. Das Militär musste sich aus taktischen Gründen zurückziehen. Es errichtet momentan Sicherheitszonen. Die Angaben, dass es sich um Zombies handle, seien absurd und dumm, erklärte vor einigen Minuten ein Regierungssprecher. Er bestätigte, dass alle Angreifer das Phänomen des blauen Blutes aufwiesen. Es handle sich dabei um eine direkte Infektion, welche von Mensch zu Mensch übertragen wird. Durch die Bisse der Infizierten kontaminieren diese andere. Ebenso ist der Kontakt mit dem blauen Blut ansteckend. Permuköse Infektion ist hier der Fachbegriff. So gelangt der Erreger durch die Schleimhäute in den Organismus. Vermeiden Sie also den Kontakt mit infizierten

Personen. Dass besonders Migranten betroffen seien, ist zwar noch nicht bestätigt, gilt aber als wahrscheinlich. Wir wünschen Ihnen einen entspannten Abend. Verschließen Sie Ihre Türen und halten Sie sich von Ihren Fenstern fern. Verfolgen Sie unseren ‚Die Pannen-Promis'-Marathon heute ab 20:15 Uhr.

Soeben erreicht mich noch eine Eilmeldung. In diesen düsteren Zeiten zeigt uns die Welt ihre schönen Seiten. Dieses Seerobbenbaby wurde von seiner Mutter verstoßen. Ein Ameisenstaat hat sich seiner angenommen und zieht es nun groß. Um es zu nähren, opfern sich die älteren Ameisen und springen ins Maul des Robbenbabys. Ebenso finden scheinbar suizidgefährdete Ameisen ein sinnvolles Ende. Mit diesen süßen Bildern verabschieden wir uns für heute.“

Im Internet findet man verschiedene Spekulationen zu diesem Thema. Dabei werden die Robbenbabies größtenteils ignoriert.

„Chemtrail! Unsere Dauerbesprühung fordert endlich ihren Tribut. Keiner hat uns geglaubt.“

„Die NWO zeigt ihr großes Finale.“

„Wir haben ein Heilmittel. Kaufen Sie noch heute! Unsere Penisvergrößerungspillen haben sich als ein effektiver Schutz gegen eine Infektion erwiesen."

„Islamisten... Terror... heiliger Krieg..."

„Der Klimawandel beeinflusst die Menschen mehr als gedacht. Forscher stoßen auf Zusammenhänge."

„Medikamentenüberfluss legt menschlichen Körper lahm. Wir sind nur noch Marionetten."

„Ficken Sie Zombies in Ihrer Umgebung."

„Menschenmangel macht die letzten Mädels ganz feucht. Sorgen Sie für unserer weitere Existenz."

Informationen fluten mein Hirn. Verdrängen Wissen. Ersticken Vernunft. Ich schalte ab. PC. TV. Aus. Ruhe.

Kapitel 6

Zu krank zum Wichsen

Schritte. Schläge. In der Wohnung über uns poltert es. Ihnen gehört das gesamte Obergeschoss. Mutter, Vater, Kind. Hausfrau. Kaufmännischer Leiter. Tennietochter.

Ihr allererster Freund ist zu Besuch. Kann nun nicht mehr raus. Bleibt da. Die Nacht hat den Tag verdrängt und Dunkelheit überzieht die Stadt. Signalisiert ihnen ins Bett zu gehen. Morgen wird es besser.

Er ist geil. Sein Ständer zeichnet sich deutlich an seiner Jeans ab. Ihm ist es egal, dass ihre Eltern es merklich mitbekommen. Sie gehen in ihr Zimmer. Schließen die Tür. Kaum ist die Tür zu, scheuert er ihr eine. Flache Hand. Mitten ins Gesicht. Sie weiß nicht, was passiert. Weiß kein Warum. Sie fliegt gegen ihr Regal und reißt es um. Vasen und Bilder prasseln zu Boden. Gehen zu Bruch. Er steht über ihr. Macht sich eine Kippe an. Wird eine lange Nacht. Sie liegt vor ihm auf den Boden. Die Scherben bohren sich in ihren Körper. Er sagt, es sei geil. Sie glaubt, sie findet es nun auch geil. Sie steht auf und sie fangen an sich zu küssen. Er reißt ihr die Kleidung vom Körper. Aus den Wunden fließt weiterhin Blut. Rot. Kleidet sie neu. Er wirft sie aufs Bett. Ein dämonisches Lächeln auf den Lippen. Seine Augen glühen. Er zieht sich aus. Nimmt ihre Klamotten und fesselt ihre Gliedmaßen ans Bett. Sie ist gefesselt. Er senkt seinen Kopf zwischen ihre Beine. Fängt an. Leckt. Stochert. Sie fängt an. Schreit. Stöhnt. Kommt. Und kommt. Und kommt. So was hat sie noch nicht erlebt. Er hebt seinen Kopf. Sieht ihre aufgerissenen Augen. Ihre zitternden Lippen. Steigt über sie. Beginnt sie zu ficken. Immer härter und härter. Ihre Eltern klopfen an die Tür. Brüllen. Wollen rein. Wollen Ruhe. Wollen wissen, was los ist. Sie brüllt ihnen in Ekstase entgegen, dass sie sich verpissen sollen. So kennen sie ihre Tochter nicht. Sind überfordert. Gehen. Legen sich in ihr Bett. Umringt von den Stößen im Nachbarzimmer. Der Mutter rinnt eine Träne übers Gesicht. Den Vater macht es geil.

Er bearbeitet sie weiter. Nimmt sich alle Körperöffnungen vor. Er sagt, es ist geil. Sie nun auch. Glaubt sie. Will sie. Die Minuten. Die Stunden vergehen. Sie suhlen sich immer noch im Rausch und Körperflüssigkeiten. Es reicht ihm nicht. Er will immer mehr. Lässt sich voll aus. Lebt sich voll aus. Integriert Gegenstände aus ihrem Zimmer. Schiebt ihr alles Mögliche rein. Pinkelt sie an. Ihr ist mittlerweile alles egal. Auch wenn es nichts so wäre, würde sie schweigen. Ihr Gesicht. Ihr ganzer Körper ist wie betäubt. Er hackt immer weiter auf sie ein. Es reicht immer noch nicht. Er senkt sich wieder zwischen ihre Schenkel. Steckt seine Hand rein. Immer tiefer. Macht sie zur Faust. Immer tiefer. Steckt seine zweite Hand rein. Immer tiefer. Macht mit beiden Händen Fäuste. Immer tiefer. Rein und raus. Sie stöhnt. Schreit. Weint. Die Eltern lauschen immer noch jedem Geräusch. Jeder Bewegung. Ihm reicht das immer noch nicht. Er senkt seinen Kopf tiefer. Drückt seinen Kopf gegen ihre Fotze. Drückt doller. Die Vorarbeit hat sich gelohnt. Sein Kopf gleitet in sie. Bis zur Stirn. Er drückt weiter. Bis zu den Augen. Bis zur Nase. Bis zum Mund. Bis zum Kinn. Bis zum Hals. Sie schreit. Stöhnt. Heult. Er kommt. Es läuft. Er entspannt. Lässt sich fallen.

Er bekommt keine Luft mehr. Kommt nicht mehr raus. Versucht seinen Kopf aus ihr zu reißen. Er presst seine Hände an ihre Innenschenkel. Reißt und zerrt. Sie schreit und stöhnt. Die Luft geht ihm aus. Er erstickt. Sein Herz hört auf zu schlagen und er sackt zusammen. Sie kann nichts machen. Weiß nichts zu machen. Sie schreit. Stöhnt. Heult. Einen toten Mann zwischen den Beinen. In ihr. Sein lebloser Körper zuckt nur noch leicht vor sich hin. Die Eltern lauschen jedem Geräusch. Jeder Bewegung. So etwas haben sie noch nicht erlebt. Scham. Ahnungslosigkeit. Erziehung. Der Vater langt der Mutter an die Brust. Sie schlägt ihn weg. Dreht sich um. Schlafmaske auf. Walgesang an. Entspannung. Schlaf. Er steht auf. Geht ins Bad. Hört die Schreie seiner Tochter. Holt sich einen runter. Geht ins Bett. Schweigen. Schlafen.

Ich komme aus dem Bad. Ignoriere den Lärm aus der Wohnung über mir. Lena pennt schon. Ich weiß nicht, ob ich mich zu ihr ins Bett legen soll. Haben nicht darüber gesprochen. Ben liegt neben ihr. Schläft. Eine kleine Nische ist noch da. Ein Platz. Für mich. Ich mach die Tür zu und lege mich ins Wohnzimmer. Flammen vom Gebäude gegenüber zeichnen mir eine Geschichte an die Wand. Die Schatten schwenken hin und her. Ich schließe meine Augen. Schlafe ein.

Kapitel 7

Durchbruch

Das Gebäude brennt nicht mehr. Es liegt am Boden. Zerstört. Der verkohlte Geruch schleicht sich in meine Wohnung. Ich steh auf. Schleiche mich aufs Klo. Lena und Ben scheinen noch zu schlafen. Ich geh in die Küche. Wasche ab. Lege eine Pfanne auf den Herd. Frühstück. Eier. Schinken. Salami. Käse. Brot. Kaffee und Saft. Erkläre dem Gestank den Krieg mit einer Frühstücksduftfront.

Ich wecke die beiden und wir frühstücken im Bett.

„Was machen wir heute? Wenn wir hier den ganzen Tag nur rumhocken und warten, fällt uns irgendwann die Decke auf den Kopf." Lena reibt sich verschlafen die Augen. Guckt mich an. Erwartungen. Antworten. Ich kann ihr nichts geben. Ich weiß es nicht. Ich strubbel Ben durchs Haar. Er gähnt und popelt in der Nase. Ich überlege. Will Lena nicht enttäuschen. Ihr etwas bieten.

„Vielleicht sollten wir Kontakt zu den anderen Bewohnern aufnehmen. Vielleicht wird es gemeinsam einfacher. Vielleicht finden wir gemeinsam einen Weg." Ich steh auf und geh zur Tür. Der Türspion zeigt mir ähnliche Bilder wie gestern. „Wir sollten es über den Balkon versuchen. Hier will ich nur im Notfall durch." Ich geh zum Balkon. Ignoriere die Umgebung. Blicke nach unten. Ed ist nicht da. Was ist, wenn sie schon bei ihm drin sind. Wenn er einer von ihnen ist. Sie würden mich überrennen. Ich könnte nicht fliehen.

Ich geh wieder rein. Der Holzboden knarrt und gibt mir eine Option. „Wir können versuchen ein Loch in den Boden zu schlagen. So können wir gucken, ob bei Ed alles normal ist. Wenn nicht, kommen die hier nicht hoch und wir müssen nicht fliehen. Vom Balkon aus müsste ich panisch wieder hoch und könnte abrutschen." Ich hüpfe auf der knarrenden Stelle herum und denke, dass es machbar ist.

Lena guckt mich skeptisch an. Ben fängt an mit seinem Frühstücksmesser auf den Boden einzustechen.

„Ganz ruhig! Wir müssen erst einige Bretter entfernen und versuchen uns durch den Stein zu fressen." Er legt das Messer weg. „Wo?" Erwartungsvoll und bereit wartet er auf meine Anweisungen.

„Iss erst mal auf. Wir haben genug Zeit. Und du guck nicht so komisch! So können wir uns auch ein bisschen abreagieren." Sie widmen sich wieder ihrem Essen und ich suche Werkzeug zusammen. Hammer. Ein Satz Schraubendreher. Bohrmaschine. Säge. Schrauben und

Nägel.

Zusammen hebeln wir die Holzbretter im Wohnzimmer hoch. Lena malt einen Kreis auf den Boden und ich bohre mit der Bohrmaschine Löcher nebeneinander auf die Linie. Ben drischt mit dem Hammer auf den Untergrund ein. Bekommt einen kleinen Steinsplitter ins Auge und wir beschließen, dass er eine Pause machen kann. Der Lärm führt dazu, dass es an meiner Haustür wieder klopft und stöhnt.

Nicht aufhören. Weiter machen. Schnell durchziehen. Ich rufe durch die kleinen Bohrlöcher im Boden Eds Namen. Keine Reaktion. Er hätte eigentlich schon bei den ersten Löchern eine Gegenbemerkung bringen müssen. Aber nichts. Von Lena kommt auch nichts. Von mir auch nicht. Wir reden nicht. Machen. Mir fällt kein erster Satz ein. Kein Anfang. Ich will schweigen.

Wir sind einmal herum. Die Löcher zeigen uns einen Kreis von etwa anderthalb Metern. Wir treten auf ihn ein. Nichts passiert. Ich mache die Abstände zwischen den Bohrungen kleiner. Gucke mir die Sauerei an. Überall Staub und Dreck. Ich hätte doch mit dem Wischen warten sollen. Es knackt. Das Eigengewicht des abgetrennten Abschnitts reißt es runter. Klatscht auf. Zerbröckelt. Rauch zieht hoch. Drogen. Chemie. Undefinierbar. Der beißende Gestank weht in meine Wohnung. Ich muss husten und versuche mir Luft zuzufächeln.

Der Staub legt sich. Ich halt mich am Rand fest. Stecke meinen Kopf durch die Öffnung. Links. Rechts. Nichts. Leer. Auch bei ihm klopft es an der Tür. Stöhnen. Schlagen. Schritte.

Die Tür in sein Zimmer springt auf. Ed schleppt sich rein. Blass. Milchige Augen. Gleicher Blick. Zombie. Er guckt nach oben. Sieht mich. Stolpert unters Loch. Greift hoch. Ich stütze mich hoch. Zünde mir eine Kippe an. Lehne mich an die Wand. Kratze mich am Kinn. „Zombie", sag ich zu Lena und versuche, dabei nicht zu enttäuscht zu klingen. „Fuck", sagt Lena zu mir. Ich nehme ein paar Züge. Denke nach. Werfe die Kippe in den neuen Durchgang. Gehe in die Küche. Suche. Schrank. Schrank. Da. Gummis. Ich nehme die Packung Gummibänder mit ins Wohnzimmer. Mach die Bohrmaschine an. Wickel ein Gummi um den Einschalter. Bücke mich übers Loch und lasse sie langsam am Kabel abwärts gleiten. Ed steht immer noch da. Greift. Stöhnt. Er ignoriert das technische Gerät. Starrt mich nur an. Will mich. Schnappt nach oben. Berührt die Maschine. Sie schwenkt hin und her. Ich versuche sie zu stabilisieren. Fasse das Kabel mit beiden Händen. Lasse sie weiter runter. Sein Cap fliegt vom Kopf. Blut spritzt. Hautfetzen werden von seinem Gesicht geschleudert. Zischen. Der Bohrer frisst sich in Eds Schädeldecke. Tiefer. Weiter. Seine Arme senken sich. Das blaue Blut läuft ihm übers Gesicht. Er fällt nach hinten. Reißt den Bohrer in seinem Kopf mit. Ich verliere das Gleichgewicht. Falle. Knalle mit dem Kopf gegen den Rand. Kneifen im Gesicht. Bin unten. Ich liege auf Ed. Schwindel. Schmerz. Ich brauch kurz um mich zu sammeln. Um mich herum ist alles verschwommen. Blut sammelt sich ein meinem Mund. Läuft mir ins Auge. Mit dem anderen versuche ich noch mehr Zombies zu orten. Nichts. Ich spring auf. Tür. Offen. Wohnungstür. Zu. Ich nehme die Knarre, die auf dem Tisch neben Ed liegt. Munition. Drin. Entsichert. Ich wische mir das Blut aus dem Gesicht. Mein Blick fängt sich wieder. Krame in meiner Tasche. Positioniere das Armeemesser in meiner linken Hand. Vorsichtig gehe ich in Richtung Tür. Halte die Knarre vor mich. Ich höre keine Schritte. Nur das dumpfe Schlagen gegen die Haustür. Blicke um die Ecke. Küche. Leer. Ich stoße die Tür des anderen Zimmers auf. Leer. Es ist nur noch ein Raum da. Badezimmer. Der Eingang ist nicht ganz verschlossen. Mit dem Lauf der Pistole, schiebe ich die Tür langsam zur Seite. Leer. Ich nehme die Pistole runter. Gewissheit.

Schmerz zieht sich durch mein Gesicht. Blut fließt mir

aus dem Mund. Ich fasse mir an die Lippe. Fühle einen Riss und zucke zusammen, als der Schmerz bei Berührung beißender wird. Ich habe mir beim Fall das Piercing abgerissen. Ich lutsche an der Wunde, um die Blutung zu stoppen. „Scheiße!", schreit mein Modebewusstsein. Ich boxe gegen die Wand. Mein Gesicht brennt. Schaue mich um. Renne nochmal durch die Zimmer. Suche Verbandszeug. Öffne nebenbei die Fenster. Badezimmer. Da muss was sein. Ich werfe den Müll aus den Regalen zu Boden, bis sich mir eine rote Box offenbart. Gefunden. Ich stopfe mir eine Mulde in den Mund und klebe mir Pflaster über den Riss. „Scheiß drauf! Wir haben jetzt zwei Stockwerke!", rede ich mir ein und stöbere weiter in der Wohnung, um mich abzulenken. In der Küche bleibe ich kurz verwundert neben ein paar Kanistern mit Öl stehen. Was treibt der Junge hier? Überall stehen Kochtöpfe mit eingebrannten Irgendwas-Rückständen rum. Leider ist sein Kühlschrank leer und ansonsten ist auch nicht viel Brauchbares da. Auf den ersten Blick gibt die Bude nicht viel her außer Schimmel und Drogen. Vielleicht gibt es in der nächsten Wohnung was. Doch. Etwas ist da. In der Wand neben dem Balkon steckt eine Axt. Brauchbar. Ich spucke einen Schwall Blut aus.

Bevor Ben und Lena hier runter kommen, will ich erst mal Eds Leiche rausschaffen. Ich knie mich zu ihm.

Durchsuche. Kippen. Feuerzeug. Schlagring. Ein paar Hunderter. Viel hat er nicht in den Taschen. Ich finde auch nur die eine Wunde am Kopf. Keine anderen Verletzungen. Wie ist er so geworden? Werden alle mit blauem Blut bald zu Zombies? Überdosis und dann zum Zombie geworden? Ich werfe ihn vom Balkon. Er liefert mir keine Antworten. Nur Fragen.

Kapitel 8

Rausch

Mittagspause. Ich bin erschöpft. Energie tanken. Klar kommen. Ausruhen. Ed hat die gleiche Zimmeraufteilung wie ich. Links Wohnzimmer. Rechts Schlafzimmer. Ich sitze auf einem Sessel im Wohnzimmer. Versuche nicht an dem Riss in der Lippe zu spielen. Werfe die Axt in die Isolierung der Wand. Schnur am Griff, damit ich nicht aufstehen muss, um sie heranzuholen. Lena und Ben sind noch oben. Wir haben zwar meine Wunden gepflegt und aus einem Regal und zwei Stühlen eine Leiter zusammengebastelt, aber ich wollte allein sein. Ben würde eh einen Hirnschaden bekommen, sobald er die Wohnung betritt. Die Dämpfe hier sind hoch toxisch. Jeder Atemzug ist THC in Reinform. Partikel jeder erdenklicher chemischen Kombination heften sich an deine Hirnzellen und lassen sie abdrehen. LSD ist Kindergarten. Was er hier gemixt hat, hat nichts mehr mit bekannten Drogen zu tun. Langsam mischt der Wind Sauerstoff drunter. Verdrängt die Illusion.

Ich donnere die Axt weiter in die in die Wand. Auge. Auge. Gar nicht so einfach. Ich steh auf und probiere es im Stehen. Ohne Werfen. Schlagen. Ein X – ein Auge. Noch ein X – noch ein Auge. Nun der Mund. Grinsend. Drei Schläge. Der Smiley in der Wand lacht mich an. Kunst. Jetzt muss ich das Stück Wand nur noch da rausbekommen. Dann kann ich es verkaufen. Meine postapokalyptische Periode. Ich schlage einen runden Rahmen. Großartig. Ich werde weltweit bekannt. Alle werden kommen. Ich stehe auf einer Bühne. Die Menschheit wartet gespannt darauf, dass ich mein neustes Werk enthülle. Hände in der Hose. Der Vorhang fällt. Ein Raunen geht durch die Menge. Tuscheln. Münder klappen auf. Die letzte Frau. Nackt. In einer großen Glaskugel. Ein paar abgetrennte, schnappende Zombieköpfe bei ihr. Rasierklingen im Inneren der Kugel befestigt. Je mehr sie blutet, desto mehr rutscht sie aus und die Köpfe gleiten näher. Standing ovations. Die letztens drei Menschen klatschen stehend in die Hände. Herzinfarkt. Nur noch zwei.

Grummeln. Hunger. Vielleicht hat Ed ja etwas im Gefrierfach. Ich lass die Axt in der Wand stecken und geh zur Küche. Es kostet Konzentration und Geschick über die Hindernisse aus Müll und Ramsch zu kommen, ohne sich ernsthaft zu verletzten. Im Eingangsbereich hämmert es immer noch gierig gegen die Tür. Ich sollte leiser sein. Ich trete gegen die Wohnungstür. Das Hämmern wird lauter. Ich drehe mich um und nehme die Axt doch mit.

Klopfen. Es kommt nicht vom Eingang. Es ist auch nicht stumpf. Es hat... Es hat eine Melodie. Einen Rhythmus. Meine Augen weiten sich. „Haltet ma die Fresse", brülle ich gegen die Tür. Sie machen weiter. Ich horche. Konzentration. Küche. Wo bei mir ein Sofa steht, hat Ed einen kleinen Tisch stehen. Die Stühle hab ich zum Leiterbau gebraucht. Dort klopft es von nebenan. Ich haue zweimal lang und dreimal kurz gegen die Wand. Ebenso schallt es zurück. Meine Augen sind nun weit aufgerissen. Ich schlage die Axt in die Wand. Und nochmal. Wie besessen prügle ich auf die Wand ein. Schneller als gedacht bin ich durch. Rigips. Durch das Loch guckt mich ein junger Mann an. Er wedelt mit seiner flachen Hand vor seinem Gesicht herum. „Bescheuert?" Seine roten, gelockten Haare beißen sich mit seinem gut durchtrainierten Körper, welcher mit einem enganliegenden T-Shirt bekleidet ist. **F**emale **B**ody **I**nspector steht mit dicken Anfangsbuchstaben drauf.

Mit riesigen, blutunterlaufenen Augen starr ich ihn an. „Alles okay? Komm ma runter", sagt er mir und geht einen Schritt zurück. Seine Hände suchen unauffällig nach einer Waffe.

„Hast du was zu essen? Ich habe Hunger!" Ich schnaufe.

Schnappe nach Luft. „ICH WILL PIZZA!!!", brülle ich durch die Luke und schlage weiter auf die Wand ein. Meine Augen springen nun fast aus ihren Höhlen. Ein Durchgang eröffnet sich mir und ich steige in seine Wohnung. Er hat sich mittlerweile eine Eisenstange zugelegt. Hält sie fest mit beiden Händen. „Komm mal klar! Es ist alles okay. Leg die verdammte Axt weg. Was ist mit dir los? Ganz ruhig." Er hat Angst. Ich schau mich in der Wohnung um. „PIZZA!", schreie ich ihn an, dabei reißt meine Lippe wieder auf. „Leg die scheiß Axt weg." Er hält die Stange wie einen Baseballschläger. „Lass sie los. Beruhige dich. Dann können wir reden." Er ist unsicher. Überfordert. Meine Axt gleitet zu Boden. Ich hinter her. Setze mich hin. Zünde mir eine Zigarette an. Der Filter saugt sich mit meinem Blut voll. „Ich will doch nur eine Pizza..." Es klingt traurig. Sanft. Ich weiß nicht, was mit mir los ist.

Er lässt seine Stange nicht los. Legt seine Stirn in Falten. Nickt und geht zum Gefrierschrank. Holt mit einer Hand eine Pizza raus. Holt sie aus der Verpackung. Wendet seinen Blick nicht von mir ab. Die Stange immer noch fest in der Hand. Packt die Pizza in den Ofen. „Ist in zehn Minuten fertig. Mein Ofen ist immer an. Ich hasse es, auf das Vorheizen zu warten. Außerdem wird der Raum so auch warm. Spart Heizkosten." Er schaut mich an. Immer noch verunsichert. Was soll er tun?

„Danke, Mann. Ist bei dir sonst alles klar? Dich hat es ja scheinbar nicht erwischt." Meine Stimme klingt zu locker und zu normal für die Situation. Er setzt sich auf einen Stuhl. Guckt mich kopfschüttelnd an. „Jo! Alles okay. Ich bin Michael. Bei dir alles klar? Du wirkst gestresst." Normalität kommt durch.

„Joa! Ich glaub, nach ein paar Minuten in dieser Wohnung würde jeder durchdrehen. Muss mich kurz regenerieren." Ich reibe mir die Augen. Versuche den Rausch los zu werden.

Wir hocken stumm in seiner Küche und beobachten, wie die Pizza auftaut. Dunkler wird. Fertig ist. Wir teilen sie. Ich habe immer noch Hunger.

„Ich schlag mich von Wohnung zu Wohnung", schmatz ich beim Essen. „Ich will andere Menschen finden. Wir sollten uns zusammen tun. Dann haben wir eventuell bessere Chancen. Sorry, wegen deiner Waaahhhaaannd..." Ich zucke kurz zusammen, als heiße Soße auf meine Wunde kommt.

„Wie viele seid ihr?", schmatzt er zurück und wirft mir ein Taschentuch zu. Ich drücke es auf meine Lippe. Er begutachtet meine Lippe ganz genau. Entwarnung. Rot.

„Also, die von ganz oben hat es, glaube ich, erwischt. Da war letzte Nacht so ein Geschrei und Gerumpel, dass ich nicht stören wollte. Ed hat es ebenfalls erwischt. Bei mir sind noch ein Mädel und ihr kleiner Bruder. Ach ja, und meine Nachbarin hat sich am Anfang aus dem Fenster geworfen. Wir sind nicht viele. Ist hier noch jemand im Schrank versteckt?" Ich betrachte das Taschentuch. Das Blut wird weniger.

„Nein, ich bin allein! Ich schreib an meiner Doktorarbeit. Als es anfing, hab ich es ignoriert, bis man es nicht mehr ignorieren konnte. Draußen war es mir aber zu heftig. Da bin ich einfach drin geblieben. Im Fernsehen meinten sie, es würde sich bald beruhigen." In seiner Stimme liegt mehr Wünschen als Glauben.

„Was studierst du?"

„Sport! Letztes Semester!" Dafür ging er also anschaffen. Ich hatte öfter gesehen, wie verschiedene Leute, männlich, weiblich, jung und alt, kurz bei ihm zu Besuch waren. Als Ed mir dann eines Tages ähnliche Vermutungen offenbarte, war eigentlich alles klar: Er sah sie nicht nur, er hörte sie auch. Ed legte ihm von da an ab und zu Pillen vor die Tür. Zum Vergessen. Zum Ertragen. Sie waren immer weg, aber es wurde nie darüber gesprochen.

„Sehr gut! Muskelkraft. Meine Arme fallen bald ab. Noch

einen Durchbruch hätte ich nicht geschafft. Unter uns sind noch vier Parteien. Die sollten wir noch checken."

Eine Knarre blickt durch das Loch. Lenas Kopf hinterher. „Was ist hier passiert?"

„Hi! Das ist Michael. Michael, das ist Lena. Das Mädel, von dem ich erzählt habe. Ich habe mich zur nächsten Wohnung durchgeschlagen. Er hat Pizza." Sie sieht meine Hand an meiner Lippe. „Du musst aufpassen, dass es nicht immer wieder aufreißt. Ich will nicht, dass es sich entzündet", sagt sie sichtlich besorgt.

Michael steht auf und geht zu Lena. Ignoriert ihre Sorge. Gibt ihr die Hand. „Kaum noch Menschen da und ich bin hier mit einer der Schönsten eingesperrt. Hi! Ich bin Michael."

Etwas zieht durch meinen Körper. Hält sich am Magen fest. Drückt ihn zusammen. Greift zum Herzen. Drückt. Mir ist nicht wohl. Ich gucke zu den beiden. Kein gutes Gefühl. Das Gefühl greift nach ihnen. Umfasst sie. Drückt sie aneinander. Zieht sie aus. Lässt sie sich küssen. Ich schließe meine Augen. Dränge es weg. Schließe es ein. Erfahrungen. Angst. Gedanken. Ich mach die Augen auf. Michael setzt sich wieder hin. Lena geht wieder zu Ben. Distanz.

„Nettes Mädel! Habt ihr was am Laufen?", zwinkert er mir zu.

„Ach, ich weiß es net. Bevor das Chaos angefangen hat, hat sich vielleicht was angebahnt. Aber jetzt... ich hoffe. Wir werden sehen." Ich betrachte die Kippe in meiner Hand. Zieh dran. Die Glut frisst sich durch den Tabak Richtung Filter. „Kann ich sie beschützen? Bin ich gut genug?", frisst sich durch mein Selbstbewusstsein.

„Weißt du, ob hier noch jemand in dem Haus ist?", lenke ich ab und blicke wieder zu ihm. „Hast du was in den Wohnungen unter dir gehört?"

„Ich hör nur die schleppenden Schritte draußen. Das Schlagen gegen die Türen. Ich weiß nicht, was was ist. Willst du heute noch weiter machen?" Er mustert mich und kann mir ansehen, wie erschöpft ich bin.

„Zu zweit packen wir das schon! Gib mir noch fünf Minuten und weiter geht's." Ich versuche mich gedanklich selbst zu motivieren. „Das wird schon..." Verzweiflung wird zu Energie. Wünsche zu Taten.

„Ich hol die Bohrmaschine und wir gehen eine Wohnung tiefer. Wir müssen vorsichtig sein. Hab nicht mehr so viele Bohraufsätze. Die nutzen sich schnell ab. Die großen sind schon alle weg. Hast du vielleicht noch welche?"

„Du hast Glück! Ein paar habe ich hier noch irgendwo liegen. Ich such die mal eben." Er trinkt sein Glas aus und verschwindet in einem Zimmer. Ich werfe meine Kippe in die Spüle und geh zurück in Eds Wohnung. Weiter geht's.

Winseln. Wimmern. In dem Dunst lässt sich eine weibliche Gestalt erkennen. Zitternd steht sie vor mir. Schwarze Haare bis zum Hintern. Gesicht noch vor mir verborgen. „Wo kommt sie her?" Ich steig durch die Öffnung. „Ist sie ein Zombie? Wie konnte ich sie übersehen? Ich muss mich bewaffnen." Die Axt liegt noch bei Michael. Ich schaue mich um. Auf dem Fensterbrett neben dem neuem Durchgang steht ein Bong. Ich versuche lautlos an ihn ranzukommen. Sie dreht sich um. Schwarze Tränen laufen über ein weißes Gesicht. Dünne Arme greifen nach mir. Unter den Tränen kommt weiche Haut zum Vorschein. Sie kommt näher. Heult. Fällt mich an. Um den Hals. Kein Zombie.

„Endlich Hilfe...!" Aus allen ihren Gesichtsöffnungen regnet Flüssigkeit auf mich nieder. Sie drückt mich. Fester. Schnieft. Hustet. Jammert. Ich fange mich. Lege meine Arme um sie. Sie stoppt. Stößt mich weg.

„Ahh! Guck mich nicht an! Lass mich in Ruhe!" Sie dreht sich um und rennt ins Badezimmer. Es klackt. Der Riegel fällt ins Schloss. Ich zucke mit den Schultern. „Dann halt nicht", berede ich mit der Tür. Hole die Bohrmaschine und geh zurück zu Michael. Er hat noch ein paar Aufsätze dabei. Wir hocken uns hin. Fangen an die Holzbretter aus seinem Trainingszimmer zu entfernen.

„Wir haben noch eine mehr. Hab sie in Eds Wohnung getroffen. Sie hat sich nun im Bad eingesperrt", erzähle ich ihm nebensächlich.

„Süß? Infiziert?", fragt er und blickt dabei erwartungsvoll zu mir.

„Keine Ahnung. Da war so viel... Zeug. Hab sie nicht erkennen können. Werden wir noch raus finden. Ich glaube nicht, dass sie infiziert ist. Ihre Adern sahen normal aus. Lassen wir sie erst mal in Ruhe. So, das war das letzte! Jetzt bohren wir hier in kleinen Abständen einmal im Kreis und schlagen es dann ab. So kommen wir runter."

Ich fange an zu bohren. Nach 15 Minuten will ich eine rauchen und Michael macht weiter. Das letzte Loch ist gemacht und der letzte Bohrer ist abgenutzt. Punktlandung. Mit der Spitze seiner Eisenstange drischt er auf den Boden ein. Es dauert ein bisschen, aber am Ende öffnet sich uns ein weiterer Durchgang. Das fallende Teil knallt auf ein altes Holzbett. Unter dem Gewicht bricht es zusammen. Knarren drängt sich durch die Wohnung.

Kein Stöhnen. Nur der Trommelwirbel an der Wohnungstür setzt wieder ein. Ich kontrolliere die Knarre. Entsichern.

Kapitel 9

Einsam

Es ist dunkel. Schwer etwas zu erkennen. Ein verrotteter, abgestandener Geruch drückt sich zu uns hoch. Ich ziehe mein T-Shirt über meine Nase. Die Luft in dem Raum muss älter sein als ich. Michael reicht mir eine Taschenlampe. Ich lege mich auf den Boden und bücke mich ins Loch. Leuchte. Gesichter starren mich an. Leere, leblose Augen fixieren mich. Hölzern in sich zusammengesackt sitzen sie in ihren Abteilen. In Regale gesperrt warten sie auf Zuneigung. Ich schicke Licht in das Zimmer. Sie sind überall. In verschiedenste Farben und Formen. Clowns. Kinder. Drachen. Feen. Alles ist vorhanden. Die Regale umfassen den ganzen Raum. An jeder Wand. Vor den Fenstern. Nur die Tür ist nicht zugestellt. Es hat alles seine Ordnung. Nichts liegt herum. Kein Dreck.

In einer Ecke liegen Leichen. Ihnen fehlen verschiedene Körperteile. Ich leuchte sie an. Weiß nicht, ob sie wieder aufstehen. Sie liegen auf einer Plastikplane. Nebeneinander. Sortiert. Kommen sie wieder zurück? Ich gehe auf Nummer sicher. Schieße in die Köpfe, die ich finde. Der Raum ist sicher. Um mehr zu sehen, muss ich runter.

Ich steige mit den Füßen voran in das Loch. Michael lässt mich langsam herab.

Sie beobachten jede Bewegung. Achten auf alles. Unheimlich. Ich merke, wie mir ein Schauer über den Rücken fährt. Ich gehe zu den Regalen. Betrachte. Staune. Es müssen über hundert Puppen sein. Marionetten. Das Schimmern der Taschenlampe verleiht ihnen ein hinterlistiges Antlitz. Meine Gedankenwelt haucht ihnen eine Seele ein. Sie scheinen mich alle anzustarren. Ich werde nervös. Sie machen mich nervös. Ich gehe zum Lichtschalter und nehme ihnen ihre Macht. Sie glotzen nicht mehr. Ihr Blick fällt traurig und allein auf den Boden. Ihre Fäden hinter sich, fein aufgerollt.

Es klappert. Stöhnt. Jemand ist da. Ich kontrolliere mein Magazin. Fünf Kugeln. Nehme das Messer zur Unterstützung in die andere Hand. Suche. Küche. Verlassen. Konservendosen besiedeln sie. Die Schränke sind voll mit ihnen. Fein sortiert.

Das Badezimmer wird von einer einsamen Zahnbürste regiert. Er oder sie muss hinter der letzten Tür auf mich warten. Ich schüttle mich aus. Arme. Beine. Knacke den Kopf nach links und rechts. Kneife meine Augen zusammen. Bereit. Umfasse den Türgriff. Drücke ihn langsam runter. Lass ihn los. Gehe einen Schritt zurück. Packe das

Messer weg. Ersetzte es durch die Taschenlampe. Widme mich wieder dem Griff. Öffne die Tür. Dunkelheit strahlt mir entgegen. Stöhnen umrankt mich. Die Taschenlampe zeigt mir Beine. Sie schweben über dem Boden. Über Holzspänen und einer Lache blauen Blutes. Arme schwenken zu mir. Viele. Köpfe schnappen nach mir. Drei sabbernde Münder.

Ich leuchte den Raum ab. Es ist nur der eine. Allein. Ich trete näher. Er schwebt in der Mitte des Raumes. Wie ein Engel breitet er sich vor mir aus. Plötzlich springt er mir entgegen. Ich habe keine Zeit zu reagieren. Er knallt auf mich. Ein Kopf donnert gegen meine Schulter. Ich höre seine Zähne knirschen. Spüre seinen Speichel an meiner Wange. Er reißt mich zu Boden. Schnellt wieder zurück. Zappelt. Kann sich nicht entscheiden. Er schleudert hin und her. Ich rutsche nach hinten. Gegen die Wand. Versuche die Knarre zu stabilisieren. Meinen Herzschlag zu kontrollieren. Meinen Puls zu regulieren. Richte die Knarre auf das Wesen. Schieße. Daneben. Daneben. Treffe einen Kopf. Noch einen. Vorbei. Für den letzten reichen meine Genauigkeit und meine Patronen nicht. Er fliegt hin und her. Unkontrolliert. Hilflos. Verheddert sich. Kann nicht zu mir. Er ist mit Drahtseilen und Schlingen an der Decke befestigt. Sie lassen seine Körperteile leben. Sperren ihn aber nun ein.

Er greift nach mir. Zeigt mir die vom Metall durchbohr-
ten Hände, von denen blaues Blut tropft. Verirrt sich
immer mehr in dem System aus Draht. Dreht sich um
sich selbst. Die Schnüre legen sich um seinen echten
Kopf. Die anderen beiden waren nur geliehen. Der dünne Stahl schneidet in sein Gesicht. Er will weiter zu mir.
Die Schnüre verbieten es ihm. Zwingen ihn, die Arme zur
Seite zu ziehen. Sein Kopf will nach vorne. Jede Bewegung spannt den Draht und steuert einen anderen Körperteil. Die Spannung wird zu stark. Ein Arm reißt mit
einem fiesen Knacken ab. Blut spritzt aus dem Stumpf.
Der Stahl frisst sich weiter in seine Haut. In sein Gesicht.
Das Blut bahnt sich seinen Weg durch seine Falten. Zusammen mit Hautfetzen wandern sie die Leiche herunter.
Seine Bewegungen reiben das Metall bis zum Schädel-
knochen. Durch den Knochen. Zuerst fällt der Kiefer.
Zähne brechen raus. Dann die Nase. Seine gesamte
Schädelfront gleitet zu Boden. Sein Hirn wird zerteilt und
er sinkt in sich zusammen. Er hat sich total in seinem
Fadensystem verdreht. Sein Gewicht lässt die Schnüre
sich weiter in sein Fleisch schneiden. Bald liegt hier nur
noch ein Haufen Körperteile.

Ich lehne immer noch an der Wand. Krame in meiner
Hosentasche und zünde mir eine Kippe an. Der erste
Schock ist überwunden. Gelassenheit lässt Zeit zum Ver-

schnaufen. Ich greife über mich und schalte das Licht an. Sehe sein Gesicht auf dem Boden liegen. Ein alter Mann. Rentner. Glatze. Seine letzten paar Haare hängen grau oben an seiner hinteren Kopfhälfte. Einsam. Seine übrig gebliebene Gehirnhälfte gleitet langsam aus seiner zersägten Gesichtsfront. Bleibt jedoch an Nerven und Sehnen hängen. Baumelt nun in Höhe seiner Zunge hin und her.

Er hat sich Körperteile von Zombies angenäht. Sich wie eine Marionette an der Decke angebracht. Sich in seiner Einsamkeit verloren. Auf seinen Schultern hat er zwei weitere Köpfe angebracht. Einen weiblichen und einen männlichen. Beide sind kahl rasiert. Ihre Augen sind zugenäht und mit zwei schwarzen Kreuzen überschminkt. Ihre Münder verziert durch großzügig aufgetragenen roten Lippenstift. Sie trägt ein Lächeln, er hat die Mundwinkel nach unten gemalt. Ihnen fehlen die Zungen. Die Bisswunden auf Wange und Nacken des Alten lassen drauf schließen, dass er den Abstand falsch kalibriert hat. Die Stränge durch die Kiefer ihrer Köpfe erfüllten nicht ihren Zweck. Sie fingen an, an ihm zu nagen. Zu essen. Machten ihn zu einem der Ihren. Falls er sich nicht schon vorher infiziert hat.

Wir sind in seiner Werkstatt. Auf der Werkbank liegen

Puppenteile. Farben. Nadel und Faden. Weitere Leichen-
teile. Pinsel. Messer. Über dem Tisch hängen halbfertige
Puppen. Der Boden ist übersäht mit Sägespänen. Die
Fenster sind zugenagelt. Ich rauche auf. Stehe auf und
betrachte den traurigen Leichnam. Löse ihn von seinen
Fäden. Durchtrenne den Draht mit meinem Messer. Die
Spannung löst sich. Er dreht sich blitzschnell aus seinem
Gefängnis und klatscht auf den Boden. Karussell. Fast
hätte mich das umher sausende Metall getroffen.

Es dauert ein bisschen, bis ich die Bretter von der Balkontür lösen kann. Er landet bei den anderen.

Ich geh ins Badezimmer. Werfe mir Wasser ins Gesicht.
Gucke in den Spiegel. Die Wunde am Mund blutet nicht
mehr. Ich erkenne mich nicht. Ernster Blick. Eingefalle-
nes Gesicht. Blass. Böse. Erwachsen. Erwacht. Die Sicht
wird unscharf. Ich muss den Blick abwenden. Schaue an
mir herunter. Eine Wunde an der Brust zieht meine
Aufmerksamkeit auf sich. Ein Draht hat mich erwischt.
Gestreift. Wieder ein Tattoo beschädigt. Zerstört. Den
Totenkopf hat es in der Mitte zerrissen. „Fuck.
Egal." Mein Sinn für Ästhetik resigniert. Ich suche neben
dem Klo. Klopapier. Ich tupfe das Blut weg. Unter dem
Waschbecken ist ein Erste-Hilfe-Kasten. Ich klebe mir
Verband drauf. Beachte den Spiegel nicht mehr. Schließe

die Tür und genieße kurz meine Ruhe. Ich hocke mich aufs Klo. Freiheit. Als der erste Ansturm vorbei ist und der Druck nachlässt, gucke ich mich im Bad um. Klinisch sauber. Nirgends ist auch nur ein Staubkorn zu finden. Kein Blut von den Amputationen. Kein Zeichen von Leben.

Ich komme raus und Michael steht vor mir. Er guckt grimmig. Hat seine Arme vor sich verschränkt.

„Alter! Ich warte auf ein Zeichen von dir, ob alles okay ist, und du gehst erst mal kacken." Ich gehe einen Schritt auf ihn zu. Fahre mit meiner Hand über sein Gesicht. „Der hat voll keine Seife hier", kläre ich ihn auf, als hätte ich seine vorangegangenen Worte nicht wahrgenommen. Angewidert reißt er Augen und Mund auf. Schlägt meine Hand weg und rennt ins Bad. Das Wasser geht an. Er wäscht sein Gesicht.

„Ich bin hier seit gefühlten drei Tagen unten und du kommst jetzt erst?! Hast du den Lärm nicht gehört? Arschloch. Und jetzt machste mich auch noch so dämlich von der Seite an!", prügle ich durch die Tür.

„Ich kam alleine schlecht runter. Und so lange warst du nun auch wieder nicht hier..." Es ist ihm peinlich. Er hat Schiss. Angst. In seiner Welt ist er der Held. In der Realität ist er nur der Typ, der wartet. Nebenrolle.

„Kannst du noch? Brauchst du eine Pause vom Klettern? Ich habe hier schon aufgeräumt. Wir können gleich in die nächste Wohnung. Wir gehen wieder durch die Küche, wo die Rigipsplatten sind. Erst ein kleines Loch zum Gucken und dann ganz durch. Das geht fix." Ich will weiter. Jemanden finden. Hoffnung. Führung.

„Fick dich!", antwortet er mir, schlägt mir auf den Oberarm und geht zur Wohnungstür.

„Hier sind auch diese Viecher vor der Tür. Wir müssen die Haustür unten schließen, damit nicht noch mehr reinkommen." Er versucht mitzudenken.

„Sollen die Viecher eine Etage für uns frei halten?" Sie hocken im Treppenhaus und denken, ‚Nee, lass ihnen hier mal eine Chance geben. Wäre ja sonst voll fies…' Es hämmert gegen die Tür! Dachtest du, es sind die Zeugen Jehovas, die dir einen Staubsauger verkaufen wollen? Ja, die machen jetzt beides. Ihre Firmen sind fusioniert. Lange Geschichte. Ging um Zeitersparnis und Gewinnoptimierung. So wie bei McDoof und den Christen." Er ist genervt und getroffen. Scheiß drauf. Ich rede weiter. „Sicher sind da Zombies! Wir müssen noch ein Stockwerk tiefer. Von da aus sind es nur ein paar Stufen bis zur Haustür. Das wäre einfacher und sicherer." Ich kann ihn provozieren und überzeugen. Wir gehen in die nächste Wohnung.

Ich schaue mich nochmal in der Küche um. Zwei Teller. Zwei Tassen. Zwei Messer. Zwei Gabeln. Zwei Löffel. Von jeder Sorte nur ein Paar. Der Kühlschrank ist ausgeschaltet und ebenfalls mit Konservendosen zugestellt. Jackpot.

Maschinenpistolen. Macheten. Kettensägen. Katana. Granaten. Illusionen. Wenigstens was zu essen. Ich muss aufhören zu Meckern. „Wenigstens" Essen. Was will ich eigentlich mehr?

Kapitel 10

Romantischer Abend zu dritt

Wir stören. Er hört nichts. Kopfhörer auf dem Kopf. Voll aufgedreht. Er ist nackt. Tobt sich aus. Rammelt, was das Zeug hält. Scheinbar nicht die Erste. Sie hängen in der gesamten Wohnung an der Wand. Wir kamen durch die Küche und selbst da wimmelt es nur so von ihnen. Sie sind über die Tische gespannt. An Stühle geschnürt. Hängen an Ketten von den Decken. Man muss aufpassen, wo man hingeht, sonst kommt man gegen eine. Sie schnappen und stöhnen. Jede in einer anderen Position. Fast jede mit ausgerenkten oder gebrochenen Gliedmaßen. Sein lautes, tiefes Atmen mischt sich mit dem Keuchen seiner Opfer. Er bebt vor Erregung. Dringt immer wieder von hinten in sie ein. Sie schlägt ihren Kopf nach links und rechts. Will ihn beißen. Er konzentriert sich auf ihren Arsch und vögelt weiter rein. Gibt ihr Klapse auf den Po. Schreit. Brüllt. Wendet sich ab. Sein Schritt ist besudelt mit dem blauen Blut der Geschändeten. Er geht zur nächsten. Sie ist ebenfalls an der Wand befestigt. Gesicht nach vorne. Knebel in der Fresse. Er spuckt sich in eine Hand und verteilt den Speichel über ihre beiden unteren Körperöffnungen. Gleitgel. Er greift ihr an die

Titten. Geht leicht in die Knie. Drückt seinen Schwanz an ihre Fotze. Er krümmt sich. Er drückt fester. Mit einem Ruck rutscht er rein. Risse zeichnen sich an ihren trocknen und spröden Schamlippen ab. Tränken seinen Unterleib erneut mit Blut. Er vögelt sie. Sabber tropft ihm auf die Schulter. Er schlägt ihr ins Gesicht. Fickt sie weiter durch. Blaues Blut tropft ihm auf die Schulter. Wir wollen nicht stören. Können nicht. Wissen nicht wie. Wir sind sprachlos. Gaffen. Er nimmt sich die nächste vor. An den Boden gekettet. Ihre Hände an einen Baumstamm genagelt. Ihre Beine mit Pflöcken im Boden verankert. Sie kniete vor ihm. Beichthaltung. Doggystyle. Ein Mundspreizer reißt ihr Maul auf. Ihre Zähne sind raus gebrochen. Er streift ihre langen Haare aus ihrer Fratze. Sie stören. Er fickt ihr Gesicht. Sie röchelt. Schnappt. Ächzt. Kotzt. Er steckt ihn immer tiefer rein. Zieht ihn schnell raus. Streift das Kondom ab und schießt ihr ins Gesicht. Schüttelt sich. Schweiß läuft ihm über den Rücken. Erleichterung zieht sich durch seinen ganzen Körper. Er dreht sich zu seinen Fenstern.

Knie auf einem kleinen Tisch. Arme auf der Fensterbank. Straßensicht. Ihr Arsch starrt ihn an. Sein Penis fühlt sich wieder mit Blut. Steht. Er geht auf sie zu. Zieht sich ein neues Gummi über. Vögelt weiter. Ich schneide den Zombie auf der anderen Zimmerseite los. Sie ist an einen

Schrank gespannt. Arme an den oberen Ecken. Beine horizontal nach links und rechts an den Rand gebunden. Ihre Knechtschaft ist beendet. Wir schließen die Tür. Warten.

Sachen gehen zu Bruch. Gerangel. Schreie. Ich biete Michael eine Kippe an. Nichtraucher. Er ist blass. Blickt starr zu Boden. Als ich fertig bin, ist es ruhig. Wir öffnen die Tür. Blut ergießt sich zu unseren Füßen.

Der Zombie nagt an dem abgerissenen Kopf von dem Typen. Kaut am Kehlkopf. Eine andere nährt sich an seinen Innereien. Nascht an einer Niere. Der zweiten fehlen die Arme. Der Todeskampf des Typen hat sie scheinbar so erregt, dass sie sich um jeden Preis von den Fesseln befreien wollte. Sie hing an der Wand. Jetzt baumeln da nur noch ihre Arme. Röcheln. Michael kotzt sich in die Hände. Dies zieht die Aufmerksamkeit der beiden auf uns. Gier. Ich hab die Axt dabei. Ich mache mich bereit. Michael tippt mir auf die Schulter. Schaut mich eindringlich an. „... aber es sind doch Frauen...!" Seine Stimme ist kraftlos und leise. Ich kann ihn kaum verstehen. „Für Sexismus ist hier jetzt kein Platz." Entschlossen schreite ich auf den Zombie zu.

Sie lässt den Kopf fallen. Stapft auf mich zu. Titten wackeln. Maul aufgerissen. Leerer Blick. Spalte ihr den Kopf.

Die Klinge frisst sich durch ihre Schädeldecke und Stirn. Stoppt bei ihrem Nasenbein. Ich betrachte die andere. Die Armlose kommt nicht hoch. Sie robbt zu mir. Ihre Stümpfe rutschen auf dem besudelten Boden hin und her. Ihre Körperkoordination ist für den Arsch. Sie kommt kaum voran. Irgendwas zieht an meiner Hose. Knabbert an meinem Schuh. Der Kopf des Typen ist neben mir gelandet. Verwandelt. Er beißt mir meine Hose kaputt. Kommt aber nicht ans Fleisch. Ich trete mit Wucht auf seinen Kopf. Sein Hirn platzt aus dem zerstörten Schädel und den Augenhöhlen. Verteilt sich im Raum. Er stellt das Beißen ein. Ich gehe einen Schritt vorwärts und schlag dem Zombie auf dem Boden die Axt in die Schläfe. Oberhalb der Ohren wird die Schädeldecke vom restlichen Kopf entfernt. Der Brei der Drei erfüllt den ganzen Schauplatz. Sie liegen in ihrer Masse aus Hirn, Blut und Sperma.

Die restlichen Zombies toben. Reißen an ihren Fesseln. Die Ketten klirren. Diese oder aber ihre Gliedmaßen werden irgendwann nachgeben. Risiko. Gefahrenquelle. Der Typ ist werkzeugtechnisch top ausgerüstet. Ebenso medizinisch. Handschuhe. Arztkittel. Medikamente. Mundschutz. Spritzen. Wahnsinnig.

Ich ziehe mir die Handschuhe und den Mundschutz an.

Nehme einen Schraubenzieher und töte mich durch die Wohnung. Sie kläffen mich an. Denen, welche mit dem Rücken zu mir stehen, drücke ich den Schraubenzieher durch den Hinterkopf ins Hirn. Am Rückenmark vorbei. Kaum Knochen. Kaum Widerstand. Man kann sie gut festhalten. Kein Mund, der nach dir schnappt. Bei denen, die mich direkt angucken, ist es schwieriger. Ich hau ihnen das Teil durch den Gehörgang oder die Augenhöhle. Es sind viele. Sie hängen herum. Mit beängstigender Belanglosigkeit arbeite ich mich von Zombie zu Zombie. Vor uns ergießt sich ein blaues Meer. Michael kauert in einer Ecke. Verfolgt mich. Seine Augen stechen bei jedem abgeschlachtetem Zombie weiter hervor. Ein leichtes, schiefes, verrücktes Grinsen zeichnet sich auf seinem Gesicht ab. Als ich fertig bin, hat er sich in sich zurückgezogen. Starrt apathisch ins Nichts. Ich muss ihm eine scheuern, um ihn zurück zu holen. „Los! Ich brauch dich!" Ich reiche ihm die Hand und helfe ihm hoch. Noch sichtlich neben sich assistiert er mir. Wir zerhacken Tische und Stühle und schaffen Inseln. Fortbewegung. Weg von der Infektion. Wir beschließen die Räumlichkeiten nicht mehr zu betreten. Es wird Abend. Wir verbarrikadieren den Durchgang, bauen einen Aufstieg von der Marionetten-Wohnung in Michaels und wollen den Rest morgen schaffen.

Ich gehe, zum ersten Mal heute, hoch zu Lena. Sie sitzt mit Ben auf dem Bett und zockt mit ihm Super Nintendo. Ich leg mich daneben und gucke ihnen ein bisschen zu. Das Schweigen dröhnt in meinem Kopf.

Es klopft an der Tür. „Ja? Wat willst du?", frag ich. Die Tür geht auf und das Mädel von vorhin steht im Rahmen. Ihr Gesicht rot vom Rouge. Ihre Augen grün geschminkt. Venezianische Maske. Es sieht nicht echt aus. Ihre A-Körbchen sind derart zusammengequetscht und hoch gedrückt, dass ihr Dekolleté wie D wirkt. Die Emanzipation liegt am Boden und zählt ihre Nagellackfarbkombinationen. „Hi! Habt ihr ein Telefon? Ich wollte den Präsidenten anrufen, damit er was macht! Das kann doch nicht immer so bleiben! Die Polizei geht nicht ran. Oder Amerika! Die helfen doch überall. Die sollen hier alles weg schießen und mich raus holen. Ich vertrage das hier nicht." Sie spielt an ihren Haaren und guckt an die Decke. Dabei wippt sie mit einem Bein auf und ab.

„Wo kommst du überhaupt her? Wir haben doch alles abgesucht! Wo haste dich versteckt?" Ich setze mich gespannt aufs Bett und hoffe, dass Amerika nichts von Eds Ölkanistern erfährt. Zünde mir keine Kippe an. Guck sie an und frage mich, was sie eigentlich darstellen möchte.

„Ich war bei Ed. Was kaufen. So ein Kram halt. Er war total überdreht. Hat wohl lange nicht geschlafen." Nach jedem Satz holt sie tief Luft. Dabei entweicht ihr ein hohes Quieken. „Er hat sich eine Nase nach der anderen gezogen. Dann hat er angefangen sich zu schütteln. Er ist auf den Boden gefallen und hat sich voll doll geschüttelt. Ich glaub, er hat zu viel gezogen. So ein blaues Zeug kam aus seiner Nase. Ich hab da mal was im Fernsehen gesehen. Da hab ich mir eine Spritze geschnappt und ihm das in die Brust geschlagen. Heroin, damit er wieder hoch kommt. Aber er ist nicht wieder aufgestanden. Aber er hat aufgehört zu zappeln." Ihre Augen zucken hin und her, als ob sie jedes einzelne Wort in ihrem Kopf erst suchen müsste. „Ich glaub, er hat geschlafen. Ich hab mir dann das Geld zusammengesucht und wollte raus. Aber er ist aufgesprungen und hat mich angefallen. Ich glaube, er wollte mich vergewaltigen. Ja, bestimmt. Er war ganz scharf auf mich. Ich konnte ihn mit meiner Tasche hauen und er ist umgefallen. Dann hab ich mich unterm Sofa versteckt. Ich lag da voll lange. Aber ich habe davor die Tür zu gemacht. So kam er nicht rein. Ich hab voll viele blaue Flecken. Voll Kacke, ey." Sie schnappt nach Luft. Verdreht die Augen und wischt sich eine Träne vom Augenlid. „Dabei habe ich doch gerade erst meinen Sohn verloren. Ich weiß, ich bin sehr jung Mutter geworden.

Aber 14 ist doch ein gutes Alter. Dann kann man noch mit ihnen zusammen spielen und später zusammen Party machen." Sie wedelt nun die Tränen mit ihrer Hand trocken. Schminke nicht verschmieren. „Er war erst fünf. Stand gestern vor mir und sagte: ‚Du kannst mir nichts mehr beibringen!' Dann ist er einfach gegangen. Erst Jason-Kevin und nun Ed. Alle verlassen mich. Naja, auf jeden Fall gab es einen lauten Krach. Ich bin weiter unterm Sofa liegen geblieben. Das war voll langweilig. Ihr seid dann aus der Decke gefallen. Ihr habt Ed getötet. Ich habe mich nicht raus getraut. Aber irgendwann wurde es zu langweilig." Die Tränen sind getrocknet. Stolz auf die vielen Worte lächelt sie und presst dabei ihre Titten noch weiter hoch. Gleich erliegen sie der Tortur und platzen auf.

Ihre monotone, fiepsige Stimme lässt meine Gehirnzellen absterben. Ich merke, wie jedes Wort in meinen Kopf eindringt, sich an eine Zelle klammert und sich dann selbst in den Luft jagt.

„Aha! Also hat sich Ed erst nach seinem Tod in einen Zombie verwandelt?" Ich kneife mein Gesicht erwartungsvoll zusammen und hoffe, dass ich sie nicht überfordere.

„Zombie? Nein! Der war nur ein bisschen drüber! Was

bist du denn für ein Spinner? Bist du auch so ein Kranker? Mit solchen Menschen will ich nichts zu tun haben! Ich habe ihm das Leben gerettet und ihr seid voll die Killer!" Sie greift sich an die Hüfte und pustet sich ihre Locken aus dem Gesicht. Atmet tief ein. Stehen. Klischeehafte Gestik. Reden. Ansätze von Denkmuster. Atmen. Dies scheint sie sehr mitzunehmen. Wenn sie jetzt noch pupsen müsste, würde ihr Körper seinen Dienst wohl einstellen.

„Du kannst sicher unten bei Michael pennen!", schlage ich ihr vor. Sie guckt uns angewidert an und geht.

„Was war das denn für eine?", fragt mich Lena, zwischen Verwunderung und Fassungslosigkeit gefangen.

„Keine Ahnung. Sie wird uns sicher eine große Hilfe sein. Wir geben ihr ein Megafon und die Köpfe der Zombies werden zerplatzen. Wie geht's euch hier oben? Habt ihr euch eingelebt?" Ich lege mich wieder hin und rauche immer noch keine.

„Kann ich euch irgendwie helfen? Ich hab hier oben ein schlechtes Gewissen!" Lena pausiert das Spiel und dreht sich zu mir. Ben guckt sie wütend an. Sagt aber nichts.

„Wir sind fast unten. Haben bisher aber keinen mehr gefunden. Also keinen, der noch am Leben war. Hier leben ganz abgefuckte Leute, sag ich dir. Bleib du mal bitte hier oben. Ben braucht dich." Ich nicke zu Ben und er streckt mir die Zunge raus. „Ich will hier keine sexistische Rollenverteilung machen, aber er ist dein Bruder. Ich glaub, wenn du dich um ihn kümmerst, hilfst du am meisten. Wenn wir alle Wohnungen durchgeguckt haben, sehen wir weiter." Ich will nicht, dass sie hilft. Ich will ihr nicht nahe sein. Ich will sie nicht verlieren. Ich will Distanz. Ich will den Verlust nicht erleben. Ohne Zombies ist es schon schwer genug, ein Mädel zu halten. Ich mag sie. Zu sehr, um mit ihr Zeit zu verbringen. Sie kuschelt sich an mich. Legt ihren Kopf auf meine Schulter. Guckt mich an. Lächelt. Meine Schulter schmerzt vom Zusammenstoß mit der Marionette. Sie streichelt mir über die Wange. „Ich bin froh, dass wir uns getroffen haben. Bei dir fühle ich mich wohl. Bei dir kann ich ich sein. So wie ich bin. Zuhause... ich habe meinen Vater zu sehr an unsere Mutter erinnert. Er sagt, wir haben die gleichen arabischen Augen. Die gleiche sanfte, dunklere Haut. Er meinte mal, er könne es nicht ertragen. Du gibst mir so viel. Ich danke dir." Sie rückt näher. Ich bin angespannt. Steif. Schweige. Schmerz. Kann nichts sagen. Ertrage die Nähe nicht. Bin in meinen Ängsten gefangen. Ich lege meinen Arm um sie. Betrachte sie. Risse bilden sich in ihrer Haut. Fließen über ihren Körper. Feiner Staub bröckelt von ihr. Hautfetzen verlassen ihr Gesicht. Ich streife ihr über die Stirn. Dabei werden die herabfallenden Brocken größer. Ihr Antlitz zerfällt. Ich sehe, wie sie zur Asche zerfällt. Der Wind trägt sie aus dem Fenster, weg von mir.

Wir gucken uns noch einen Film an. Liegen zu dritt im Bett und lassen uns berieseln. Ben schläft. Lena schläft. Ich stehe auf und gehe noch mal in die abgesperrte Wohnung. Kann nicht schlafen. Nehme die Axt. Die Barrikade lässt sich zu leicht demontieren. Muss besser werden. Ich springe von Insel zu Insel. Die nackten Körper verwesen vor sich hin. Junge. Alte. Unversehrte. Zerfetzte. Ich bücke mich zu einem relativ jungen Mädel runter. Vielleicht gerade 18 Jahre alt. Hoffe ich zumindest, da sie hier nackt vor mir liegt. Ich streichle ihr die Haare aus dem Gesicht. Sie gehört zu den Unversehrten. Nur ein Loch im Hinterkopf. Eine Bisswunde am Unterschenkel. Sie war ein schönes Mädchen. Hatte bestimmt einen guten Charakter. Viele Freunde. Beliebt, aber nicht arrogant. Hatte ihren eigenen Kopf, ohne stur zu sein. Ich fange an zu zittern. Fasse mir an die Stirn. Tränen rollen an meinem Arm vorbei. Ich wische sie schnell weg. Nicht vor den Damen. Ich sammle mich. Stehe auf. „Wir gehen wieder übers Wohnzimmer in die nächste Wohnung. Da sollten die Leichen raus", plane ich. Gehe rüber.

Fange an, die Frauen vom Mobiliar zu befreien. Sie knallen zu Boden. Das Blut spritzt noch. Ich zieh mir Handschuhe, Mundschutz und eine Schutzbrille an. Mache weiter. Löse Kette für Kette. Komme am Fenster an. Das Kondom hängt noch in ihr. Das Blut des Typen ist über ihren Rücken verteilt. Ich mach sie los. Gucke aus dem Fenster. Keine Wolken. Der Mond scheint. Ich kann schon die Straße sehen, ohne mich aus dem Fenster bücken zu müssen. Sie schlurfen draußen. Viele. Auf den Straßen. Fußgängerwegen. In Gebäuden sehe ich leblose Schatten. Auf ihren Beinen. Kriechend ohne Beine. Ich lasse die Gardine runter. Auf der Fensterbank liegen eine Bohrmaschine und ein Bohrer. Blutig. Wir können weiter. Daneben ein Foto in einem Bilderrahmen. Der Rahmen ist verschnörkelt und sieht teuer aus. Auf dem Bild ist der Ficker mit seiner Sippe zu sehen. Alle fein gekleidet. Zugeknöpft. Er hat seine Haare zurück gekämmt. Eine Fliege um den Hals. Sie posieren vor einem Kruzifix und Gottes Gefolge. Idylle. Schein. Nur ein Bild.

Ich widme mich den Kadavern in der Wohnung. Ziehe sie ins Nebenzimmer. Nicht auf den Balkon. Ich will nicht. Ich will nicht an die Luft. Nicht raus. Ich höre ein Summen. Sehe mich um. Orte die Quelle. Sein MP3-Player. Ich setze mir die Kopfhörer auf. Gute Musik. Sie begleitet mich beim Weiterarbeiten.

Ein Leichnam lässt mich kurz erstarren. Er ist ebenfalls nackt und von Sperma überzogen. Er sieht aus wie die alte Frau auf dem Foto. „Seine Mutter…?!", fragt sich meine Moral. Ich werfe sie zu den anderen. Nicht mein Bier.

Ich sammle sein Werkzeug. Eine Idee. Im Flur stand ein Fahrrad. Ich säge den höhenverstellbaren Sattel ab. Nagel einen Pflock dran. Befestige das Gebilde an meiner Axt. Mit Schrauben, Metallringen und Platten bringe ich die Axt an meinem linken Unterarm an. Schneide am Ellenbogen. Durch den höhenverstellbaren Mechanismus kann ich den Pflock vorschieben, so dass er vor meiner Hand herausragt. Wenn ich den Hebel löse, verschwindet der Pflock in meinem Ärmel.

Es ist unbequem und zerkratzt mir den Arm. Ich streichle über die wunde Stelle. Überlege. Ich brauche eine Art Polster. Schleiche mich in Michaels Wohnung. Schienbeinschoner. Ich ziehe sie über den Arm. Sie nehmen den Druck auf sich. Es passt. Reiße ein Loch in meinen Ärmel. Die Klinge kommt raus. Aufgerüstet. Es ist schwer. Aber tragbar. Akku alle. Die Musik verstummt. Ich nehme meine Umgebung wieder wahr.

Es klopft und klappert. Ich guck mich um. Stöhnen. Ich suche die Geräuschquelle. Nichts. Ein dumpfes Schlagen zieht sich durchs Gebäude. Nicht bei dem Ficker. Nicht bei den Marionetten. Bei Michael. Ich setze vorsichtig einen Fuß vor den anderen. Schiebe den Pflock nach vorne. Bereit. Ich öffne langsam die Tür. Michael wird geritten. Sie stöhnt. „Wie war nochmal ihr Name? Keine Ahnung. Hat sie ihn gesagt?", grübelt mein Gedächtnis. Sie haben Spaß. Ich schließe behutsam die Tür und gehe wieder rauf in meine Wohnung.

Ich will die Axt nicht abmachen. Im Bett ist sie zu gefähr-lich für Lena und Ben. Setze mich auf mein Sofa. Mache den Fernseher aus. Mache Musik an. Versuche zu schla-fen. Meine Augen fallen langsam zu. Schrecke auf. Greife mir an die Seite. Knarre ist da. Ich sichere sie. Leg sie mir auf den Schoß. Versuche zu schlafen.

Ich glaube, ich schneide mir die Pulsadern auf, dann kann ich besser schlafen.

Kapitel 11

Blind

„Wir gehen hier runter! Ich wühle drüben nicht in den Eingeweiden herum! Nachher stecken wir uns noch an! Wir machen hier bei den Puppen den Durchbruch! Das ist viel entspannter und wir müssen uns keine Gedanken um das Blut machen! Da drüben bekommt mich keiner mehr rein!" Michael kommt keifend an, als ich anfange die Holzbretter zu entfernen. Zerrt mich rüber. Ich weiß, dass er Recht hat. Die ganze Arbeit umsonst. Ich hatte verdrängt, dass wir da nicht durch wollen. Nicht dran gedacht. Habe meinen Kopf ausgeschaltet. Trance. Ich zünde eine Kippe an. Gedanken lenken. Klären. Ich hab nicht geschlafen. Ich bin durch. Ich nicke nur. Gehe rüber.

„Ja genau, du Spinner! Denk mal nach! Hör auf Michael! Er ist hier der Boss! Du Nixchecker!", faucht es mich von der Seite an. Das Mädel. Sie hat eine Hand von sich gestreckt und wackelt mit dem Zeigefinger hin und her. Aggressionen. Ich bleib stehen. Rücke mein Gesicht ganz nah an ihres. Kneife ein Auge zusammen. „Alter! Was ist das denn?! Hast du Ausschlag? Das sieht ja richtig eklig aus! Schade dass es keine Ärzte mehr gibt. Das breitet sich bestimmt aus. Mir wird gerade echt ein bisschen schlecht! Was geht denn mit deinem Gesicht ab?!" Ich betrachte ihren Schädel. Stirn. Backen. Kinn. Nichts. Sie fasst sich ans Gesicht. Ihre Augen füllen sich mit Tränen. Weiten sich entgeistert. Sie fängt wieder an zu weinen und rennt weg. Badezimmer. Schließt ab.

„Das war doch jetzt unnötig. Die Situation ist stressig genug. Hör einfach nicht hin. Mach ich auch nicht." Michael fasst mir an die Schulter. Blickt abfällig zum Bad.

„Nur weil du sie jetzt nagelst, musst du nicht Scheiße zu Gold machen. Ich stecke ihr auch keine Rose in den Arsch und behaupte, ich habe jetzt eine Vase. Ich bekomme Kopfschmerzen. Wir machen ihr so einen Knebel rein. Und jetzt lass uns anfangen." Ich bin gereizt. Genervt. Nicht unter Kontrolle. Schlage seine Hand weg.

„Du drehst gerade ein bisschen ab, kann das sein? Was soll denn der Quatsch mit der Axt?" Er betrachtet meinen linken Arm und schüttelt den Kopf. „Komm! Rutsch auch mal rüber und entspann dich! Und hör auf, sie so anzufahren! Labil bringt sie mir nichts!" Er wird gereizt. Genervt. Sieht seinen Sex schwinden.

Ich geh auf ihn zu. Drück ihm meinen Ellenbogen mit der Schneide an den Hals. Beiße meine Zähne zusammen. „Du willst nicht sehen, wenn ich abdrehe! Und nun lass uns den Scheiß zu Ende bringen."

Er packt mich am Hals. „Nimm deinen verfickten Arm runter! Du bedrohst mich ganz sicher nicht!" Wir starren uns an. Es klackt. Ich halte ihm meine Knarre an die Eier. „Lass uns weiter machen. Wir haben noch eine Etage vor uns", knurr ich ihn an. Nehme meinen Arm runter. Stecke die Knarre ein und mache mich an die Arbeit. Er kommt missmutig nach und wir brechen den Boden auf.

Wieder auf den ersten Blick nichts zu sehen. Es herrscht Chaos. Unordnung. Es liegen Sachen auf dem Boden verstreut. Bücher. CDs. Schallplatten. Im ganzen Raum verteilt. Michael lässt mich runter. Seine Mimik ist angespannt. Sein Griff löst sich. Er lässt mich zu früh los. Ich stürze. Lande auf meinem Hintern. Erst der rausgebrochene Boden, jetzt ich. Wir pressen den Holzboden runter. An der Wand geht er hoch. Die Erschütterung haut ein Marmorregal um. Scheiße ausbalanciert. Scheiße platziert. Das Teil knallt mir auf den Körper. Schmerzen. Scheiß antike Möbel. Scheiß Material. Schwer wie Sau. Die Axt an meinem Arm hat sich aufrecht zwischen Regal und Boden verkeilt. Es liegt nicht ganz auf mir. Mein Kopf ist frei. Kann meinen Arm nicht bewegen. Nehme ich ihn weg, liegt das Steinteil ganz auf mir. Mein rechter Arm ist eingeklemmt. Ebenso meine Beine. Es liegt der

Länge nach auf mir.

„Arschloch! Beweg dich runter und hol mich raus! Du dummer Pisser!", brülle ich in die Himmel. Schlage meinen Kopf nach links und rechts. Spucke Gift und Galle.

„Ja, warte! Ich hol kurz ein Seil und eine Waffe." Er schlendert davon. Ich bleib noch ein bisschen liegen. Hinter oder unter mir liegt irgendwas Kratziges. Juckt im Nacken. Macht mir den Aufenthalt noch angenehmer. Nervt. Ich versuche zu entspannen. Atme ein und aus. Versuche Regal und Nerv-Scheißarschloch-Kratzkram zu ignorieren. Schritte kommen näher. Entspannung verabschiedet sich. Quicky. Die Zimmertür ist offen. Es kommt rein. Klamotten zerrissen. Übersäht mit Bisswunden. Blaues Blut, wohin man sieht. Ein Biss hat ihm die Halsschlagader durchtrennt, weshalb unermesslich viel Blut aus ihm strömt. Sein von Natur aus naiver Blick wird durch den Tod noch untermalt. Er stolpert auf mich zu. Jeder schleifende Schritt lässt die Distanz zwischen uns kleiner werden. Ich spüre jeden Schritt im Holz. Die Vibrationen gehen auf mein Herz über. Lassen es rasen. Er ist genau vor mir. Geht an mir vorbei. Bleibt stehen. Schaut sich um. Riecht. Wittert. Ich versuche nicht zu atmen. Mein Herzschlag knallt gegen meine Schädeldecke. Er dreht sich. Links. Rechts. Runter. Auf allen Vieren.

Schnüffelt. Seine Hände haben mich gleich erreicht. Er greift nach dem Regal. Beißt rein. Liegt halb auf dem Teil und mir. Der Druck wird stärker. Gewicht. Schmerz. Mir entweicht ein keuchendes „Scheiße!". Er hört auf an dem Stein zu knabbern. Seine Hände suchen den Boden ab. Kommen meinem Gesicht näher. Er röchelt. Riecht. Horcht. Seine Augen sehen anders aus. Auch milchig, aber die Pupillen sind weg. Nicht klein wie bei den anderen. Nicht vorhanden. Blind. Seine Hand kommt bei meinem Kopf an. Fasst drüber. Kalte, raue Finger streichen mir über eine Gesichtshälfte. Er schnauft. Zieht sich über das Regal zu mir. Die Marmorplatten drücken sich tiefer in mich. Er greift mit der anderen Hand zwischen sie. Berührt meinen Bauch. Drückt. Fasst. Presst. Ich merke, wie unter meinen Klamotten die Haut aufplatzt. Panik. Kontrollverlust. Machtlosigkeit. Sein Gesicht ist über meinem. Sein Stöhnen streichelt mir übers Gesicht. Sein kalter, vergammelter Atem umhüllt meinen Schädel. Seine Verwesung flutet meine Nasennebenhöhlen. Er lässt meinen Bauch los. Rückt näher an mein Gesicht. Reißt sein Maul auf. Feine Blutfäden ziehen sich von einem Zahn zum anderen. Er stürzt sich auf meinen Schädel. Ich spüre seine Zähne an meiner Stirn. Knapp über dem Auge. Plötzlich wird er von mir gerissen. Ein Teil des Drucks von dem Regal schwindet. Er ist weg.

Michael wirft ihn zu Boden. Prügelt mit seinem Stab auf ihn ein. Sein Gesicht wird mit jedem Schlag zweidimensionaler. Passt sich zermatscht dem Boden an. Ich schließe meine Augen. Atme tief ein und aus. Mein Körper kribbelt, als die Anspannung weicht. Kleine rötliche Flecken tragen wieder Farbe in mein blasses Gesicht.

Lena versucht das Regal hochzuheben. Guckt mich erschrocken an. Rutscht ab. Es knallt wieder auf meinen Körper. Die Axt verliert den Halt. Das ganze Gewicht drückt sich auf mich. Es wird wieder hochgehoben. Michael packt mit an. Es steht. Ich schiebe mich nach hinten weg. Streife mir übers Gesicht. Schau mir auf die Handfläche. Kein Blut. Keine Infektion. Ich zieh mein T-Shirt hoch. Blut. Rot. Noch. Keine Infektion? Meine Beine werden wieder durchblutet. Sie tun weh. Ich wackle mit ihnen hin und her. Geht. Nicht gebrochen. Mein rechter Arm scheint auch nicht so viel abbekommen zu haben. Vielleicht eine Prellung. Vielleicht mehr. Vielleicht weniger. Ich kann ihn noch bewegen und bin kein Arzt. Was soll's. Michael hat die HK G36. Er legt den Stab weg. Entsichert die Maschinenpistole. Spürbar wächst sein Selbstbewusstsein. Lena bindet mir etwas um die Wunde. Versorgt mich. Meine Gefühle besiegen die Angst und die Zweifel. „Fast hätte ich sie verloren. Ich muss vorsichtiger sein. Ich muss bei ihr sein. Scheiß drauf, was passieren könnte. Es wird passieren. Bis dahin muss ich die Zeit mit ihr nutzen. Ich werde..."

Es knarrt. Ich zücke meine Knarre. Ziele auf die Tür. Es kommt rein. Ich schieße. Die weiße Wand wird rot. Ein kleiner Körper zuckt zusammen. Ein kleines Mädel rutscht zu Boden. Kopfschuss. Tot. Ich senke die Knarre. Versuche aufzustehen. Beim vierten Versuch klappt es. Ich zittere. Das Adrenalin verdrängt den großen Schmerz. Ich humple auf das Mädel zu. „Rotes Blut. Scheiße. Keine von ihnen", flüstert die Gewissheit. Ich lasse den Pfahl hoch. Stürme in die Küche. Teller. Essen. Besteck. Chaos. Alles liegt auf den Boden verstreut. Badezimmer. Gleiches Bild. Andere Sachen. Die Tür zum anderen Zimmer steht einen Spalt offen. Man muss fester drücken, um sie ganz auf zu bekommen. Sich schon fast dagegen werfen. Ein Schrank und ein Bett wurden davor geschoben. Kein Chaos. Keine weiteren Zombies.

Die Jalousien sind unten. Es ist dunkel. Nur eine kleine Lampe an einem Schreibtisch spendet ein bisschen Licht. Papier. Stifte. Briefe. Es stinkt. Ich gehe weiter ins Zimmer und gucke mich um. Kuscheltiere. Puppen. In einer Ecke steht ein Eimer. Ausscheidungen. Ich gehe zum Schreibtisch. Nehme die ersten paar Papiere. Andere liegen zerknüllt um den Tisch herum. Lese.

Hallo Mama,

Papa beruhigt sich nicht mehr. Wir wurden auf offener Straße angegriffen. Ich konnte ihn gerade noch so nach Hause bringen. Kannst du dir das vorstellen? Die sind einfach so über einen blinden Mann hergefallen. Dann wollten sie auch auf mich losgehen. Aber eine Frau hat sie dann einfach erschossen. Sie meinte, ich solle nach Hause gehen. Als ich dann zu Papa gegangen bin, wollte sie ihn auch erschießen. Ich schrie „Nein!" Dann ist sie kopfschüttelnd weiter gegangen. Ich habe ihn nach Hause gebracht. Ich kann keinen Notarzt rufen. Was soll ich machen? Mama! Bitte hilf mir. Du hast mir immer gesagt, es hilft Sachen aufzuschreiben. Es beruhigt. Du hast mir ganz viel gesagt. Ich habe so selten gehört. Bitte komm mich holen.

Das Papier bebt in meiner Hand. „Scheiße! Scheiße!" Ich werfe es weg. Nehme das nächste.

Es wird immer schlimmer. Ich schreibe einfach weiter. Ich hab mich in mein Zimmer eingesperrt. Papa ist nicht mehr er selbst. Er schlägt hier alles kaputt. Ich konnte gerade noch so in mein Zimmer fliehen. Ich weiß nicht, was ich machen soll. Ich muss so dringend auf Klo. Ich trau mich nicht raus. Er ist jetzt zwar ruhig, aber sobald ich die Tür aufmache, rastet er wieder aus. Hilfe. Bitte hab mich wieder lieb. Hol mich hier ab. Ich will wieder zu dir.

Die zittrige Schrift ist schwer zu lesen. Die Hektik und Panik nahmen ihr die Grazie. Ließ sie zu steifen Strichen und kaum wiedererkennbaren Hieroglyphen werden. Tränen verschmieren die Tinte. Verschlingen ganze Wörter.

Ich traue mich nicht zu schlafen. Ich musste in einen Eimer machen. Ich stinke. Ich habe Angst. Ich weine viel. Ich habe Hunger. Durst. Mama! Wieso hast du Papa verlassen? Warum verlässt du mich jetzt?! Wirst du noch rechtzeitig kommen? Ich habe solche Angst. Es tut mir leid, dass ich dir mal Geld aus dem Portemonnaie geklaut habe. Es tut mir leid. Ich wollte dich nicht beleidigen. Ich wollte nie so fies zu dir sein. Ich vermisse dich so. Bitte komm zu mir. Ich will nicht mehr zu Papa. Ich will zu dir zurück.

Meine Beine werden schwach und ich lasse mich auf den

Stuhl fallen. Meine verschwitzten Hände suchen den nächsten Brief. Eine Träne landet auf dem Papier, zeigt ihn mir.

Das Haus lebt. Ich kann nicht aufhören zu weinen. Überall summt und knallt es. Sobald ich die Augen zu mache, knarrt es. Ich darf die Augen nicht zu machen. Ich schlafe unter dem Schreibtisch. Wenn ich nur schlafen könnte. Ich wache plötzlich auf. Habe ich geschlafen? Ich weiß es nicht. Ich kann mich kaum noch bewegen. Ich bin so schwach. Ich liege hier nur. Gucke gegen die Wand. Lausche. Kommst du? Kommt jemand?

Ich habe meine Schulhefte durchgeguckt. Ich verstehe, warum du so enttäuscht von mir bist. Ich bin nicht gut. Ich habe versagt. Ich bin keine gute Tochter. Ich will es besser machen. Bitte, komm! Ich will es dir zeigen. Ich werde beweisen, dass ich eine gute Tochter sein kann.

Meine Hände wollen nicht mehr schreiben...

Ein langer, schwächer werdender Strich zieht sich bis zum Boden der Seite. Meine Hand zerknüllt den Brief. Wird zur Faust. Schmerz in der Handfläche. Die Anspannung jagt meine Finger immer mehr in den Handballen. Die andere hat schon den nächsten entdeckt.

Ich höre komische Geräusche. Ich muss nachgucken. Es ist ein Summen. Es ist näher als in den letzten Tagen. Bist du das, Mama? Ich will hier nicht mehr alleine bleiben. Ich hoffe, du bist das! Ich hoffe, jemand kommt um mich zu retten. Ich will nicht sterben. Ich will gut sein. Ich will eine gute Tochter sein. Ich will nicht, dass du wütend auf mich bist. Ich will nur in deinen Armen liegen. Ich werde jetzt immer brav sein. Mir tut alles so leid. Ich will nicht mehr böse sein. Ich kann nicht mehr. Ich vermisse dich so. Ich war so gemein. Ich wollte zu Papa... aber ich liebe dich auch. Verzeih mir. Ich will wieder zu dir. Ich hoffe, du kannst mir verzeihen. Ich hoffe, du glaubst mir, dass ich jetzt gut und brav bin. Ich werde jetzt aufhören zu schreiben. Ich werde jetzt rausgehen. Da war eben ein großer Krach. Ich hoffe, du bist es. Ich hoffe, es ist Hilfe.

Mama, Ich liebe dich! Ich werde dich wieder sehen.

Bis gleich!

Die Briefe tragen die Daten der letzten Tage. Der letzte trägt das Datum von heute. Ein Schauer fährt durch meinen Körper. Kälte. Ihre Seele, ihr Geist ist bei mir. Um mich. Hat wieder Platz genommen. Wartet weiter. Wut. Ich springe auf. Werfe den Schreibtisch um. Begrabe die Briefe unter ihm. Sie wird eh niemand mehr lesen. Mein Gesicht verzieht sich zu einer hasserfüllten Fratze. Tränen rollen mir über die Wangen und scheinen zu verdampfen. Ich trete die Tür zu. Falle aufs Bett. „Scheiß auf die Tränen. Scheiß auf alles!", brüllt der Hass aus mir. Ich steche aufs Bett ein. Der Pflock bohrt sich immer wieder in die Decke. Kissen. Eine Federnfontäne verteilt die Innereien im Zimmer. Mein Kopf wird jede Sekunde explodieren. „VERFICKTE SCHEISSE!!!!" Unendliche Energie durchströmt meinen Körper. Herz rast. Ich rase. Hirn aus. Hass an. Schutzbrille auf. Maske über. Ich reiße die Zimmertür auf. Reiße die Wohnungstür auf. Erster vor mir. Sehr gut. Los geht's. Meine Hand umfasst seinen Schädel. Der Pflock durchbohrt ihn. Bricht ihm seine gesamten Vorderzähne raus. Ich schlage ihn weg. Es sind noch ein paar Stufen bis zum Hauseingang. Den nächsten kicke ich die Treppe runter. Springe auf ihn. Er kotzt Blut. Springbrunnen. Schieße ihm in den Kopf. Ich renne raus.

Meine Perspektive ändert sich. Ich bin nicht mehr in meinem Körper. Gucke mir von oben zu. Schwebe Meter über mir. Sehe mich auf die Straße treten. Vor der Tür wartet gleich der nächste. Ich ramme ihm meinen Ellenbogen mit der Axt rein. Reste seines Hirns bleiben an der Klinge. Er kippt zu Boden. Ich schieße um mich. Töte. Einen. Zwei. Drei. Vier. Magazin alle. Lade nach. Quetsche mich an den parkenden Autos vorbei. Neue Opfer strömen auf mich zu. Ich stoße den Pflock in jedes. Um mich herum türmen sich die Leichen. Magazin ist drin. Es geht weiter. Ich schaue mich im Blutrausch um. Pflock und Pistole von mir gestreckt. Erwarte sie. Gefangen im Smog aus Hass, Rache und Resignation.

Etwas greift mein Bein. Zieht sich zur mir. Zerfetzte Körper schleppen sich aus der gegenüberliegenden Ruine. Halb verbrannt. Gliedmaßen sind rar. In dem eingestürzten Haus hatten sich wohl viele verschanzt. Nun quälen sich die befreiten Körperteile zu mir. Es muss nur das Hirn unversehrt sein. Hirn. Brust. Ein Arm. Ein Bein. Keine Beine. Nur Arme. Oder andersrum. Projektile beenden ihre Bemühungen.

„HÖR AUF!", brüllt es hinter mir. Lena kommt raus gerannt. Michael ballert im Treppenhaus herum. Lena schießt sich zu mir durch. „ES REICHT!!! KOMM REIN!!!" Sie weint. Ist verzweifelt. Es ist mir egal. Wut und Abscheu haben die Seele gänzlich verdrängt. Ihre Hand auf mir lässt meine Schulter brennen. Wahnsinnig starre ich ihr entgegen. Stoße sie weg. Renne weiter.

Fliehe. Kämpfe mich durch die Massen. Bin voll mit blauem Schnodder. Die Straße ist blutgetränkt. Wahn. Mir ist alles egal. Ich will hier weg. Ich gucke mir weiter von oben zu. Kann den da unten nicht beeinflussen. Er will weg. Ist nicht zurechnungsfähig.

Kapitel 12

Verlust

Um mich herum ist alles still. Ich sehe nur, wie mein Pflock in die Gesichter der Zombies gleitet. Meine Patronen Krater hinterlassen. Knarre leer. Egal. Messer ersetzt die Knarre. Gleitet in Hirne.

„KOMM WIEDER ZURÜCK! ES WIRD ALLES GUT!! LASS UNS REIN GEHEN UND BERUHIGEN!! DU DARFST NICHT GEHEN! DAS ERTRAGE ICH NICHT!!" Die tiefe Qual in ihrer Stimme erreicht mich. Dringt zu mir durch. Ich komme langsam wieder zu mir. Höre Lena. Schiebe einen Zombiekopf von meiner Waffe. Keine mehr da. Entfernt sehe ich wieder neue kommen. Drehe mich um. Bin wieder in meinem Körper. Blicke verwirrt zu Lena. Zu Boden. Zu denen. Ich weiß nicht wohin. Kann mich nicht finden. Bin zerrissen.

Quietschen. Lärm. Ein Krachen. Ein Auto ist in die am Straßenrand stehenden Fahrzeuge gebrettert. Rauch steigt auf. Ich gehe langsam zum Haus zurück. Torkle. Bekomme es gar nicht wirklich mit. Lena liegt vor mir. Blutend. Aus Mund und Nase. Arm verdreht. Weinend. Überfahren. Ich lass mich auf meine Knie fallen. Fassungslos. Ich bin in meinem Kopf gefangen. Kann nicht agieren. Die Eindrücke schlagen auf mich ein. Ich spüre sie nicht. Bin gefühllos. Gelähmt. Kalt. Mein Blickfeld zittert. Ist unscharf. Trüb. Schwenkt zwischen dem Auto und Lena hin und her. Mein Hirn ist nicht ansatzweise dazu fähig, die ankommenden Informationen angemessen aufzunehmen.

„Scheiße, Lena!" Er kommt näher. Kniet sich zu uns.

„Ich habe dich nicht gesehen! Ich wusste nicht, dass du es bist! Es tut mir leid! Lena! Bleib bei uns!" Ich drehe mich langsam zu dem Mann. Mein Gesicht ist leer. Fühlt sich taub an. Ich bin gar nicht da. Meine bebenden Augenäpfel arbeiten sich mühevoll von seinen Füssen aufwärts. Er weint. Hat tiefe Falten. Graue Haare. Anzug.

„Ich wollte das alles nicht! Lena! Es waren doch nur Experimente... Gut für die Menschen... Medizin hat so große Fortschritte gemacht... Wir brauchen Medikamente... Wir wollten doch nur helfen... keiner wollte so etwas... wir wollten... Perfektion... Unsterblichkeit... helfen... wir hätten nicht ahnen können... und jetzt... überfahre ich dich... nein... Lena! Bleib bei mir... Ich wollte ein Haus für uns. Dass ihr nicht so schuften müsst. Dass ihr gut aufwachst. Es gut habt. Ich liebe dich. Ich bin jetzt für dich da." Er beugt sich über sie. Umarmt sie.

Lena bewegt ihre Lippen. Unsicher. Zitternd. „... Papa..." Sie jagt ihre Pupillen hektisch hin und her. Hustet Blut. Sieht, wie mein Pflock sich in den Mann rammt. Meine Hand an seiner Stirn. Der Pflock durchbohrt sein Auge. Weiße Flüssigkeit drängt sich am Metall vorbei. Blut ersetzt seine Tränen. Er rutscht vom Eisen. Zu Boden.

Lena reißt die Augen auf. Schreit ohne Stimme. Entsetzten drängt sich durch jede ihrer Poren. Sie wird blass. Entspannt. Das Entsetzen weicht und Leere kehrt ein. Sie verlässt uns. Ist weg.

Ich bin immer noch nicht da. Weiß nicht, was ich tue. Autopilot. Mentaler Massenmord unter meiner Schädeldecke. Emotionen und Informationen werden eingepfercht und vergast. Hocke neben den beiden. Starre ins Nichts. Energie erschöpft. Nicht unendlich. Um mich herum bleibt alles stehen. Nur die Zombies kommen näher. Und näher. Gleich sind sie da. „Hallo! Mir egal. Macht doch, was ihr wollt. Ich bleib hier einfach hocken. Warum lieben Leute Darth Vader und hassen Adolf Hitler? Warum essen wir Schweine und ficken Schafe? Warum verurteilen wir einen Mörder, jubeln aber dem Militär im TV zu? Warum folge ich Normen ohne Wert? Warum ist das Leben so belanglos kompliziert? Warum bin ich hier?

Ach, sie sind schon fast da. Guten Tag." Ich winke ihnen erwartungsvoll zu. Stehe auf. Gehe auf sie zu. Lache freudig. Werde weggerissen. Mitgeschleppt. Sie zerren an mir. Reißen. Werfen mich in den Hauseingang. Schließen die Tür. Michael. Aber wer ist der andere. Sie schreien. Ich werde in eine Wohnung gezogen. Die letzte. Hier waren wir noch nicht. Ist schön hier. Liebevoll dekoriert. Schöne Möbel. Eine tolle Wohnung. Ich stehe auf uns gucke mir die Bilder an den Wänden an.

„Nett habt ihr es hier." Spreche gelassen und apathisch. Grinse. Lache immer noch. „Ich sollte meine Wohnung auch so einrichten. Habt ihr da jemanden für oder habt ihr es selbst gemacht?" Ich gucke mich weiter um. Ein weiblicher Umriss sitzt auf einem Sessel. Scheint sich schützend den Bauch zu halten. Ich erkenne sie nicht. „Ach, sie sind schwanger. Das ist ja schön. Wann ist es denn soweit?" Ich gehe lachend auf die Frau zu. Werde schon wieder geschubst.

„Kommen Sie meiner Frau nicht zu nahe!", schnauzt mich ihr potentieller Mann an. Sein Gesicht signalisiert mir Feindseligkeit. Er hat ernste Augen und kindliche Gesichtszüge. Seine Augenbrauen sind zusammengewachsen, dafür hat er nur sporadischen Bartwuchs. Ich halte abwechselnd meine Hand vor seine Augen und dann vor den Rest seines Gesichts. Hin und her. Tyrann. Trottel. Tyrann. Trottel.

„Und Sie sind?" Ich stelle mein Spiel ein und reiche ihm die Hand. Er ist verwirrt. Unsicher. Misstrauisch. Ich grinse weiter.

„Ähm... ich bin Akin! Setzten Sie sich. Ich mache Ihnen einen Tee." Ich strahle ihn an und nicke. Zeige fragend auf ein Sofa. Er nickt und wartet, bis ich sitze. „Passen Sie auf Ihren Freund auf", flüstert er Michael zu, als er das Zimmer verlässt.

Ich sitze. Sinke in das Sofa. Tiefer. Immer tiefer. Um mich herum verschwimmt alles. Ich kann das Bewusstsein nicht halten. Bin zu schwach. Kann nicht bleiben. Verliere. Um mich herum wird alles schwarz. Lasse los.

Ich wache auf. Habe Kopfschmerzen. „War ich saufen?" Mein Hirn schickt Impulse zum Erinnerungsvermögen, bekommt aber keine Antwort. Ich fühle mich wie ausgekotzt. Ich drehe mich auf die Seite. Schmerz. Ich zucke zusammen. Öffne leicht meine Augen. Erkenne Konturen. Langsam wird das Bild klarer. Deutlicher. Schrecke auf. Nicht meine Wohnung. Stehe auf. Betrachte mich. Habe nur meine Unterhose an. Verband um den

Bauch. Will nicht wissen, wo ich bin. Weiß es. Will es nicht.

Neben dem Bett steht eine Kinderwiege. Die Wände sind gespickt mit Fotos. Familie. Freunde. Ein Schrank steht noch im Raum. Sonst nichts. Doch, ein Hocker. Auch neben dem Bett. Klamotten liegen drauf. „Bedien dich" steht auf einem kleinen Zettel. Jeans. T-Shirt. Sweatshirt. Socken. Schuhe. Es passt.

Draußen ist es dunkel. „Wie lange war ich weg? Was habe ich verpasst? Wo sind die anderen?" Wirre Gedankengänge fluten mein Hirn. „Ich will nicht raus. Ich will im Zimmer bleiben. Für immer. Lena ist nicht da draußen. Oder doch? Ich will es nicht erfahren. Sie ist gestorben. Aber vielleicht hat sie es ja doch irgendwie geschafft. Vielleicht war sie nur bewusstlos. Bestimmt. Wenn ich hier drin bleibe, lebt sie da draußen. Lacht. Unterhält sich mit den Leuten. Liest Ben ein Buch vor. Spielt was mit ihm. Wenn ich hier drinnen bleibe, ist alles gut. Michael macht sich an sie ran. Sie gibt ihm einen Korb. Kichert. Er nimmt es ihr nicht übel. Er widmet sich einfach der anderen. Sie tanzen und erfreuen sich des Lebens. Ich würde es nur kaputt machen. Ich muss hier drin bleiben, damit es ihnen gut geht." Ich fasse mir mit beiden Händen an den Kopf. Meine Pupillen flackern hin und her. „Ja, ich muss hier bleiben...", weicht leise aus meinem Mund.

Ich lege mich wieder ins Bett. „Ich werde hier einfach liegen bleiben. Wieso ist hier kein Fernseher? Wie langweilig. Ich schließe einfach die Augen. Denke ich mir halt selbst was aus. Ich lebe mit Lena in einer gemeinsamen Wohnung. Ben hat auch ein Zimmer. Wir wohnen in einem beliebten Stadtteil. Verbringen viel Zeit zusammen. Verstehen uns. Alles ist gut. Vielleicht ist sie ja auch schwanger. Wir planen schon eine gemeinsame Zukunft. Wir machen wirklich viel zusammen. Sind viel draußen. Malen. Schreiben. Ergänzen uns perfekt. Ich würde vielleicht die Nachbarin vögeln, um einen emotionalen Vorteil zu haben. Aber wir wären glücklich." Ein wohliges Gefühl erfüllt mich. Ich lächle.

Meine Mundwickel ziehen sich nach unten. Meine Augenlider pressen sich fester zusammen. Es wird schwarz. Zerbricht. Bilder schießen mir durch den Kopf. Blut. Leichen. Überall. Lena liegt am Boden. Blutüberströmt. Ihr Kiefer hängt abgebrochen vom Kopf. Ihre Gliedmaßen verdreht oder abgerissen. Knacken. Ein Arm renkt sich von alleine wieder ein. Streckt sich zu mir. Zeigt mir den Mittelfinger. „Du hast es verkackt! Ich verpiss mich hier!" Ich reiße die Augen auf. „Okay. Die Augen müssen auf bleiben. Auch in Ordnung. Dann ist alles gut."

Draußen wird gebrüllt. Ich verstehe nicht was. „Bestimmt bestätigen sie sich nur gegenseitig sehr laut, wie schön das Leben ist. So wird es sein", beruhigt mich meine Phantasie. Ich kuschle mich in die Decke. Sie riecht nach Lavendel. Der Lärm wird immer lauter. „Scheinbar finden sie immer bessere Argumente für das tolle Leben." Schüsse. „Sie feiern das Leben. Ist das schön." Ich beginne ernsthaft an den Aussagen meiner Phantasie zu zweifeln.

Ich habe keine Kippen. „Ich muss mich um Ben kümmern. Wo ist er? Ist er immer noch oben? Geht es ihm gut?", wirft mein Verantwortungsbewusstsein ein. Über die Geschehnisse habe ich ihn oben vergessen.

„Ich muss raus. Er lebt." Ich traue mich nicht zur Tür. Der Raum dehnt sich. Die Zeit ist nur eine Erfindung des Kapitalismus. Ich stehe vor der Tür. Ich weiß nicht wie lange. Mit jedem Pulsschlag vibriert die Tür mehr. Sie pocht. Schlägt mir entgegen. „Ich muss raus!"

Die Tür geht auf. Ich bin draußen. Steige aus meinem Gefängnis. Vor mir liegt Akin. Keucht. Spuckt Blut. Löcher in der Lunge. Er ist wie paralysiert und hat seine blutunterlaufenen Augen weit aufgerissen. Kleine blaue Flüsse ziehen sich über seine Augäpfel. Michael schreit die Frau an. Zielt mit der HK G36 auf sie. Sie weint. Hält sich den Bauch. Wippt hin und her. Brabbelt irgendwas auf irgendeiner Sprache vor sich her. Mir fällt jetzt erst auf, dass ihre Augen relativ weit auseinander liegen. Sie hat etwas Echsen- oder Insektenartiges an sich. Ihre Haare sind zu einem strengen Zopf gebunden. Ich habe sie total vergessen und kaum erkannt. Ihren zarten Lippen fehlt das ansteckende Lächeln. Ihre Panik nimmt ihr ihren ganzen Zauber.

Michael dreht sich zu mir. „Er war einer von ihnen. Schau! Blaues Blut. Er ist ein Zombie. Er würde uns alle zerfleischen!", brüllt er angespannt. Er guckt abwechselnd zu mir und zu der Frau. Hektik. Ich brauche ein bisschen, um die Situation zu erfassen.

Der Anblick schockt mich nicht. Emotionslos. Es ist mir egal. „Alter. Du hast ihn zum Zombie gemacht!", erkläre ich ihm abwertend. Meine Worte peitschen ihn aus der Position des Überlegenen.

Akin untermalt meine These, indem er aufsteht. Er ist seinen Verletzungen erlegen. Michael wird immer hektischer. „Er hatte blaues B-Blut... er ist ein Zombie...", stammelt er. Zielt auf Akin. Schießt. Patronen durchschlagen seine Schulter. Reißen ihm ein Ohr ab. Der Schädel bleibt heil. Klicken. Michael hat keine Munition mehr. Er hört nicht auf abzudrücken. Akin schreitet auf ihn zu. Klick. Klick. Klick. Immer schneller betätigt Michael den Abzug. Nichts passiert.

Ich greife nach einer Schere auf einem Tisch neben der Tür. Gehe zu Akin. Ziehe ihm die Beine weg. Bringe ihn zu Fall. Trete ihm auf die Brust. Blut spritzt aus den Löchern. Ich drücke ihn zu Boden. Knie mich mit einem Bein hin. Schlag ihm die Schere in den Schädel. Drücke sie bis zum Ansatz rein. Stehe auf.

„Wo ist Ben? Habt ihr ihn mit runter gebracht?" Ich stehe vor Michael. Er will sich nicht beruhigen. Die Frau hilft ihm nicht dabei. Sie wird auch immer hysterischer. Ich schlage Michael meine Faust ins Gesicht. „WO IST BEN?" Er knallt hin. Versucht sich zu sammeln. „Er ist oben bei Franzi! Sie passt auf ihn auf. Die sind nicht mit runtergekommen." Er fasst sich ans Kinn. Wird ruhiger. Betrachtet Akin. Ich überlege, wer Franzi sein könnte.

„Wie bescheuert bist du? Du kannst ihn doch net bei so einer lassen!" Ich trete ihm ins Gesicht.

„Ich habe dir das Leben gerettet! Ich musste ihn bei ihr lassen. Du musstest ja einen auf Kamikaze machen." Er steht auf. Wütend. „Wenn du nicht rausgelaufen wärst, wäre das alles nicht passiert! Also schnauz mich hier nicht so an." Er wischt sich Blut aus dem Gesicht. Will angreifen, traut sich aber nicht.

Die Frau brabbelt immer lauter und hektischer vor sich her. Michael wirft die Waffe zu Boden. Reckt seinen Kopf nach links und rechts.

„Was ist mit dem Treppenhaus? Ist es frei? Ist die Tür der unteren Wohnung zu?" Ich packe Michael am Kragen. Mein Wahnsinn schüchtert ihn ein.

„Im Flur waren zu viele. Ich konnte nicht alle platt machen. Die Tür haben wir aber noch zugezogen, als sich diese hier öffnete. Wir haben aber keinen Schlüssel." Er guckt zu Boden. Kann mich nicht ansehen.

„Ja, dann gehen wir halt wieder durch die Wand." Ich suche seinen Blick.

„Wir haben kein Werkzeug... das liegt drüben."

„Die Wände der Küche sind dünn und leicht zu durchschlagen. Kein Stein. Komm mit! Los geht's."

Ich lasse ihn los. Nicke ihm zu. Er zögert. Nickt zurück. Wir suchen harte Gegenstände zusammen und legen los.

Kapitel 13

Räumung

Wir kommen schnell durch die Wand. Ich beiße mich regelrecht durch. Wir schleppen Möbel von einer Wohnung in die andere. Nageln sie zusammen. Treppe. Durchsuchen die Räume. Finden sie in meiner. Unversehrt.

Franzi weint. Ben hockt neben ihr. Streichelt ihr den Rücken. Trost. Aufmerksamkeit. Sie sieht uns. Japst und quiekt. „Wie konntet ihr mich so lange alleine lassen? Wie soll mich so ein kleiner Junge beschützen?" Sie rennt theatralisch und mit raus gestreckter Brust zu Michael. Umarmt ihn. Hört auf zu weinen. „Ich verzeihe dir. Komm, lass uns nach nebenan gehen." Ihrem Gesicht entweicht die Trauer. Es füllt sich wieder mit Stumpfsinn. Sie verlassen den Raum und ich setze mich neben Ben. Zögerlich. Unsicher. Unbeholfen.

„Die ist voll anstrengend. Ich konnte kaum schlafen, weil sie sooooo laut geweint hat", sagt mir Ben. „Wo ist Lena? Ist sie noch unten?" Er guckt mich mit einem freudigen, unbeschwerten Gesichtsausdruck erwartungsvoll an. Unwissend.

Ich nehme ihn in den Arm. „Lena kommt nicht wieder. Weißt du, das ist keine einfache Zeit. Wir waren kurz draußen auf der Straße. Da hat ein böser Mann sie mit dem Auto angefahren. Sie ist gestorben." Die Worte lassen meinen Magen verkrampfen. „Ja, sie ist tot. Tot. Tot. Tot!", hallt es in meinem Inneren.

Er guckt mich weiter an. Seine Augen fangen an zu glänzen. Füllen sich mit Tränen. Seine Leichtigkeit wird von einer unangenehmen Schwere erdrückt. Er schüttelt ungläubig mit dem Kopf. „Sie soll wieder hoch kommen. Ich will, dass sie mir ein Buch vorliest. Du sollst weg gehen." Er haut mich mit seinen Fäusten. Schnieft. Ich umarme in fester.

„Ich kann sie nicht zurückholen." Mir fließen auch Tränen aus dem Gesicht. „Tot. Tot. Tot." Wie Bergarbeiter schlagen sich die Worte durch meinen Körper. Bohren sich in meinen Schädel, seitdem ich aufgewacht bin.

Ben schreit. Brüllt. Tobt. „Lass alles raus", hauche ich ihm zu. Ich gucke aus dem Fenster. Die Sonne geht auf. Ein neuer Morgen. Ich lasse Ben nicht los. Die Strahlen umarmen uns. Der Schein hat uns langsam vollkommen umhüllt. Er hat sich müde geweint. Schläft ein.

„Du hast Glück gehabt, dass es dich nicht erwischt hat. Deine Wunde hätte sich auch infizieren können. Darum musste ich den Mann töten. Er war infiziert. Die Frau nicht. Was machen wir mit ihr? Wie geht's mit uns weiter?" Michael steht in der Tür. Hatte wohl keinen Bock auf das Mädel. Versucht sich vor sich selbst zu rechtfertigen. Hat nicht geklappt. Nun soll ich ihm den Freibrief erteilen.

„Er wurde erst zum Zombie, nachdem du ihn erschossen hast. Sie werden erst nach dem Tod zu einem. Er hätte uns noch helfen können. Jetzt haben wir seine schwangere Frau an der Backe. Wir müssen uns um sie kümmern." Ich lege Ben ins Bett. Decke ihn zu. Betrachte Michael vorwurfsvoll. Gehe an ihm vorbei. Zur Wohnungstür. Spähe durch den Spion. Sie trotten im Treppenhaus herum. Ich balle meine Hände zur Faust. Schlage entschlossen gegen die Tür. „Die Haustür ist zu. Lass uns das Treppenhaus aufräumen. Jetzt kommen nicht immer neue nach. Das können wir schaffen. Wir nehmen die Maschinenpistole. Ich habe noch ein Magazin. Dann ist sie leer und wir müssen das Teil nicht wegen ein paar Kugeln mitschleppen. Wir arbeiten uns von oben nach unten. So können die Kadaver nicht auf uns fallen. Lass uns das Teil holen und los legen." Ich weiß nicht, ob es Zuversicht ist, aber wir machen weiter. Hoffnung oder Hass. Egal. Beides führt zu Tatendrang. Wir machen uns auf den Weg nach unten.

„Hoch, dann runter, dann wieder hoch und runter! Hättest du das Teil nicht gleich mitnehmen können?!", schnauze ich ihn an, weil der Idiot die Waffe hat liegen lassen. Meine Kopfschmerzen werden immer schlimmer.

„Ich bin mal gespannt, wie sie so drauf ist." Michaels bescheuertes Grinsen zeigt sein schlechtes Gewissen.

Wir sind fast unten. Plötzlich. Gebrüll. Kreischen. Entsetzliche Schmerzensschreie verpassen selbst dem Mobiliar eine Gänsehaut. „Haben wir was übersehen?!?", schreit meine Angst. Wir beeilen uns. Klettern nicht, springen runter. Das Geschrei wird lauter. Je näher wir kommen, desto qualvoller klingt es. Wir rennen an den Trümmern des letzten Durchgangs vorbei. Sehen sie. Die Frau liegt am Boden. Kotzt Blut. Rot. Hält sich den Bauch. Kotzt weiter. Brüllt sich die Seele aus dem Leib. Ihr Kopf verfärbt sich vor Anspannung. Ihre Adern stechen deutlich hervor. Die Augen quellen aus ihren Höhlen. Ihre zarte, sanfte Art ist vollkommen erloschen. Sie muss unvorstellbare Schmerzen haben. Sie kratzt panisch ihren Bauch. Wühlt. Pult sich die Haut auf. Tiefer. Aus den Rissen fließt Blut ihr Fleisch herunter. Die Wölbungen in der Haut zeigen, dass auch von innen gedrückt und gekratzt wird. Blut spritzt aus ihrem Mund. Ihre Hose färbt sich rot. Aus allen Körperöffnungen scheint sich Blut zu ergießen. Sie rollt auf dem Boden herum. Heult. Ihr Gesicht verzieht sich vor Schmerzen. Sie gräbt immer weiter in ihrem Unterleib. Mutter und Kind nähern sich einander immer weiter an. Nur noch wenige Hautpartien trennen sie. Ihre Hand bohrt sich in ihren Bauch. Gleitet in sie. Die ihres Kindes kommt ihr entgegen. Sie greift sie. Zieht. Mehr. Doller. Der Bauch reißt weiter auf. Gedärme werden herausgepresst. Dann platzt das Baby raus. Sie hält es am Arm. Es schnappt und beißt nach ihr. Keine Zähne. Keine Fingernägel. Keine Gefahr. Es nuckelt am Arm der Mutter und guckt böse. Die milchigen, leeren Augen drehen sich gierig zu uns. Gerade als es scheinbar uns angehen will, klatscht es die Mutter mehrfach gegen den Boden. Die dumpfen Aufschläge werden von einem widerlichen Knacken begleitet. Der Kopf des Kindes birst auf, Hirnmasse und Blut verteilen sich im Raum. Blau. Die Mutter entspannt sich. Die Farbe verlässt ihr Gesicht. Gelassen. Leer. Ihre Pupillen drehen sich in ihren Schädel. Tot. Zur Sicherheit drückt Michael ihr eine Patrone zwischen die Augen.

Wir gehen in die Küche. Toastbrot. Käse. Gewürzgurken. Rindersalami. Wir hauen alles in den Sandwichmaker. Frühstücken. Stärkung. Reden nicht. Stehen auf. Packen das Geschirr in die Spülmaschine. Räumen die Küche auf. Gehen hoch. Räumen das Treppenhaus. Ein Zombie. Eine Kugel. Wir lassen sie kommen. Stehen in der Tür. Schutzbrille und Maske auf. Ich schieße. Michael steht mit seiner Eisenstange hinter mir. Falls einer zu nah kommt, bekommt er das Teil in die Fresse. Für einige brauche ich zwei Kugeln. Das erste Projektil bohrt sich durch eine Wange oder reißt einen Krater anderswo in ihren Körper. Zerstört aber nicht das Hirn. Das zweite beendet es. Das Magazin ist leer. Zombies noch da. Auf die letzten dreschen wir mit Stange und Axt ein. Fertig. Wir waten durch die Leichen und zertrümmern die Schädel. Sicherheit. Eine blaue, breiige Maße strömt die Stufen runter.

Ich geh in meine Wohnung. Will mich umziehen. Werfe Schutzmaske und Brille in eine Ecke. Überreste der Zombies tropfen von ihnen zu Boden. Ich gucke durch einen Spalt in der Tür, ob Ben noch schläft. Er demoliert meine Einrichtung. Haut mit einem Hammer auf meine Glotze ein. Kippt das Regal um. Schlitzt Kissen und Decken mit einem Messer auf. Ich schließe dir Tür. Lasse ihn machen. Ziehe mich später um.

Die Leichen schleppen wir zu den anderen in die Wohnung des Fickers. Merken, dass es stinkt. Scheißen drauf, dass die Zombies draußen vor dem Gebäude uns sehen und werfen alle vom Balkon. Wir können uns nun im Treppenhaus bewegen. Die Türen zum Keller und zur obersten Wohnung sind noch verschlossen. Wir gucken erst oben nach. Klopfen. Nichts passiert. Keine Reaktion.

Aber etwas ist da drin. Wir klingeln. Hören Schnaufen. Schritte. Keiner öffnet uns die Tür. Wir holen Bretter und vernageln den Eingang. Beim Hämmern donnert etwas von innen gegen die Tür. Zu spät. Wir gehen nach unten. Vernageln die Haustür. Der Eingang zum Keller ist abgeschlossen. Ich habe einen Schlüssel. Will sie jetzt nicht aufmachen. Ein Durchgang zu unserem gemeinsamen Garten führt in den Keller. Keine Ahnung, wie ihr Status ist. Die Tür kann auch zu bleiben.

Wir gucken uns nochmal in jeder Wohnung genau um. Essen. Werkzeug. Waffen. Alles wird in meiner Wohnung gelagert. Michael will in seiner Wohnung bleiben. Also lagern wir die Nahrung in beiden Wohnungen. Meine ist am höchsten. Am meisten Sicherheit. Aber sein Zuhause bietet ihm mehr. Gewohnheit. Normalität.

Endlich können wir auch zu meiner Nachbarin rein. Viel Sinnvolles finden wir nicht. Unmengen an Kleidung. Dezent eingerichtet. Das Fenster zur Straße steht noch offen. Eine Lösung. Ein Ausweg. Eine Illusion. Ich schließe es und bilde mir ein dabei ein trauriges „Oohhh..." zu hören. Es ist wohl nur das Knarren des Fensterrahmens.

Ein bisschen Essen ist im Kühlschrank. Wenigstens etwas. Parfüm liegt in der Luft. Ein eigentlich ganz angenehmer Duft. Er zieht sich durch die Wohnung. Zieht ins Treppenhaus. In die anderen Wohnung. Die Wohnungstüren bleiben offen. So können wir schnell rein. Falls... Wenn etwas schief gehen sollte, kann man schnell rein und sie zu ziehen. Kein Schlüssel zu suchen. Wir können hier ein bisschen leben. Wir leben hier ein bisschen. Bis wir raus müssen. Bis wir Hunger haben. Bis wir raus wollen.

Michael vögelt Franzi circa dreimal am Tag. Ihrem humpelnden, schmerzenden Gang zufolge müssen wir jetzt den vierten Tag so leben. Ben redet nicht mit mir. Mit keinem. Er macht nur irgendwelche Sachen kaputt. Weint. Meine Wohnung ähnelt einem Schrottplatz. Ben hat angefangen sich die Arme aufzukratzen. Tiefe Wunden. Beschämt versucht er sie schnell zu bedecken, wenn ich in der Nähe bin. Guckt mich grimmig an. Ich kann ihm nicht helfen. Ab und zu spielen wir ein bisschen Fußball oder Fangen in den Räumen. Sobald ich was sage, hört er auf und zieht sich zurück. Ich glaube, er reißt sich auch Haare raus, aber das habe ich noch nicht miterlebt. In seiner Schlafecke finde ich täglich neue Haarbüschel. Konnte seinen Kopf noch nicht genauer betrachten. Er hat in letzter Zeit immer meinen Hut auf. Den hatte ich schon fast vergessen. Keine Ahnung, in welcher Ecke er ihn gefunden hat. Soll er ihn haben. Ich brauche ihn nicht mehr.

Ben wird es schaffen. Ich gebe nicht auf. Gehe auf ihn zu. Vielleicht brauche ich ihn auch mehr, als er mich. Er ist meine Hoffnung. Mein Lebenswille. Unser neustes Projekt ist, dass wir aus Holzbrettern und Möbeln eine Höhle für ihn bauen. Nageln alles in der Wohnung meiner Nachbarin zusammen. Verankern die Bretter im Boden und in der Wand. Es ist stabil. Dort lebt er jetzt.

Ich trage meine Axt wieder am Arm. Sie lag ganze drei Stunden in einer Ecke. Doch ohne sie fühle ich mich nicht mehr vollkommen. Schwach. Wir entwickeln alle unsere Psychosen.

Kapitel 14

Mainstream

Sie hockt in einer Ecke. Ungefickt. Michael und sie haben sich die letzten Stunden zu sehr auseinander gelebt. Wir wachen auf. Schlafen jetzt seit einigen Tagen alle zusammen in einem Zimmer. Nicht zu dicht aufeinander, dass man denken könnte, man brauche die anderen, aber schon so dicht, dass man weiß, dass sie da sind. Mal bei mir, mal bei Michael. Heute bei mir. Reden nicht.

Sie hockt schon da, während wir uns den Schlaf aus den Augen reiben und uns traurige Blicke zuwerfen. Sie verhält sich merkwürdig. Merkwürdiger als sonst. Sie hockt in der Ecke, im Licht einer kleinen Stehlampe. Spiegel in einer Hand. Schminkutensilien in der anderen. Nicht mehr ganz so merkwürdig. Sie wischt an sich herum. „Verdammt!", entweicht es ihr. Sie wischt weiter. Ihre Lampe flackert. Stört ihr Bild im Spiegel. Sie rückt sie näher zu sich. Kichern und Schluchzen wechseln sich ab. Wippt hin und her. Drückt den Pinsel in die Farbe und malt weiter. „Nein, das ist es nicht." Ihre aufgebrachten Worte schleichen an unserer Ignoranz vorbei. Der Pinsel bricht fast beim Eintauchen ins bunte Gefäß. Hektisch

schrubbt sie an sich herum. Ihr Gesicht ist schon wund-
gescheuert. Die erste Hautschicht abgetragen. Das
Schluchzen gewinnt überhand. Wird zu Geheule. Verzweiflung. Die Tränen verschmieren das Gemalte. „Ja!
Fast! Ja! So wird das was." Ein Hauch Begeisterung ist
ihrem Flüstern zu entnehmen. Steif schaukelt sie hin und
her. Die Aufregung lässt ihre Hände tattrig und feucht
werden. Der Pinsel und der Spiegel rutschen ihr aus der
Hand. Der Spiegel zerbricht beim Aufprall auf den Boden.
Erschrocken stiert sie ihn an. Steif fällt ihr Blick auf die
Überreste. Schockstarre. Minutenlang bewegt sie sich
nicht. Glotzt nur. Der Schreck verlässt langsam ihr Gesicht und es lässt sich eine Idee, ein Gedankengang erkennen. Hoffnung. Ein krankes, verzweifeltes Lächeln
zeichnet sich ab. Sie greift sich eine Scherbe. Gleitet
damit Richtung Gesicht. Ich greife ihren Arm. Reflexartig
hält sie die Scherbe kräftiger fest. Sie schneidet in ihre
Handfläche. Lässt sie aber nicht los. Angespannt und
fragend schaut sie zu mir hoch. Kann in meinem Gesicht
nicht lesen, was ich will. Ich zerre sie in ein anderes
Zimmer. Erste Hilfe. Ich reiße ihr die Hose runter und ihr
Hemd hoch. Greife nach ihren Brüsten. Dränge sie an die
Wand. Bestätigung. Meine Hose verschwindet. Dringe
ein. Stoße. Ramme. Sie stöhnt und lacht. Lässt die
Scherbe fallen. Bei mir ist keine Emotion zu erkennen.

„Sag mir, dass ich schön bin", fleht sie. „Du bist eine Göttin." Ich beiße ihr in den Hals. Ihre Lust läuft uns die Beine runter. Ich werfe sie zu Boden. Steige drüber. Stoße und ramme weiter. Ich zieh ihn raus und komme über ihren Rücken. Stehe auf und ziehe meine Hose an. „Beruhige dich! Wir werden das hier schon schaffen. Wir müssen uns alle zusammenreißen. Schlaf noch eine Runde. Dann wird es dir besser gehen", sage ich, während ich den Raum verlasse. Würdige sie keines Blickes. Sie kommt wenige Augenblicke später hinterher. Setzt sich wieder in ihre Ecke. Malt weiter. Wischt weiter. Greift sich in die Haare und zieht Büschel für Büschel aus ihrer Kopfhaut. „Ja, ja! Das ist es!" Euphorie. Sie nimmt eine der größeren Scherben, fährt sich damit übers Gesicht. Immer wieder. Hautfetzen klatschen aufs Parkett. Ich habe versagt. Ich renne zu ihr und drehe sie um. Sie grinst mich mit aufklaffenden Wunden an. Teile ihrer Oberlippe fehlen. Ihre Nase ist nur noch ein blutender Krater. Ihr linkes Auge läuft über ihre Wange. Die verletzten und durchtrennten Nerven lassen ihren Kopf zucken und zittern. „Ich bin schön! Ich bin wie sie!" Sie stößt mich zur Seite und läuft zur Tür. „Ich bin eine von euch! Ich bin schön!" Sie zerrt an der Kette der Tür. Will raus. Sie bekommt die Kette nicht zu fassen. Der Verschluss rutscht weg. Zu viel Blut. Ihre zitternden Hände erschweren ihr Vorhaben noch mehr. Sie boxt gegen die Tür. Rüttelt weiter. Michael packt sie an ihrer Schulter. Will sie festhalten. Beruhigen. Blitzschnell dreht sie sich um. Die Scherbe zerschneidet ihm den Hals. „Wir sind beide schön." Sie küsst ihn auf den Mund, während eine Blutfontäne sie überschwemmt. Sie sticht dabei weiter auf ihn ein. Nicht mehr in den Hals. Bauch. Magengegend. Er schlägt sie schmerzverzerrt weg. Die Scherbe reißt ihm die Bauchdecke auf. Dickdarm. Dünndarm. Magen. Leber. Wie das Wasser aus einer Quelle sprudelt es aus ihm raus. Ich packe ihn und versuche, wenigstens die Nieren und die Milz drinnen zu halten. Er ist nur noch eine einzige rote Masse. Ich rutsche auf dem Blut aus und wir beide liegen in seinen Innereien. Ich stoße zuerst mit dem Ellenbogen auf. Der Aufprall presst meine Hand weiter in seinen Körper. Schiebt meinen Arm in seine Brust. Ich gleite in seinem Torso hoch. Bin beim Herzen. Umfasse es. Er starrt mich angsterfüllt an. Ich fühle, wie es seinen Dienst einstellt. Er bleibt leblos liegen. Ich löse mich von dem toten Organ. Ziehe meine Hand aus ihm. Drücke mich entsetzt mit meinen Füssen von ihm weg.

Franzi hat es mittlerweile geschafft den Verschluss zu lösen. Sie reißt den Schlüssel aus dem Schloss und stolpert die Treppen runter. Ihr Lachen hallt durch den Flur. Stockwerk für Stockwerk poltert sie runter und ihr krankes Lachen hoch. Es erlischt. Verstummt. Dumpfes Klopfen verdrängt es. Schlagen. Wie der Herzschlag des Gebäudes erfüllt es jede Nische. Zählt für uns die letzten Sekunden der Ruhe ein. Bretter fallen zu Boden. Die Haustür ist auf. Ich will aufstehen. Finde im Blutmeer keinen Halt. Rutsche immer wieder aus. Hektik. Eile. Komme nur zentimeterweise voran. Meine Gliedmaßen verdrängen das Blut. Minimaler Widerstand. Ich schliddere langsam voran, Schaffe es ins Wohnzimmer mit den Fenstern zur Straße. Blicke runter. Hunderte schleifen sich über den Asphalt. Franzi springt ihnen in die Arme. Sie umarmen sich. Ein Zombie verbeißt sich in ihrem Hals. Trennt ein großes Stück Fleisch ab. Ein weiterer greift ihr von hinten in die leere Augenhöhle. Seine Finger bohren sich in ihren Schädel. Ein anderer gleitet mit seiner Hand in ihren Mund. Druck. Das rechte Auge guckt enthusiastisch um sich. „So viele. Sie wollen alle mich. Ich bin ihr Star. Ich bin eine von ihnen." Ihr Kopf zerplatzt in zwei Teile. Zerreißt. Die Zombies laben sich an seinem Inneren. Die Kontrolle verschwindet und ihr Körper sackt in sich zusammen. An allen Enden wird an ihr gezerrt, bis sie ganz zerrissen ist. Sie liegt im Umkreis von drei bis vier Metern verteilt. Ihre Verehrer übersehen nichts. Verschlingen Stück für Stück.

Eine Horde nähert sich dem Haus. Der Tür. Sie sind drinnen. Ihr Stöhnen ist im Treppenhaus zu hören. Sie kommen.

Kapitel 15

Unter ihnen

Ich entsichere meine Knarre. Stehe mit ihr in der Hand mitten im Raum. Überforderung. Bewege mich nicht. Das Zimmer dreht sich. „Sie kommen", flüstert es in meinem Kopf. „Sie kommen, um es zu Ende zu bringen..." Das Flüstern klingt fies. Rau. Kalt. „Sie wollen den traurigen Rest holen. Bleib einfach stehen! Gleich ist es vorbei!", befiehlt es mir und klingt dabei immer spröder und erregter. „Das haben wir geplant. Los! BEWEG DICH!", schreie ich mir zu. Knirsche mit den Zähnen. „Fuck. Fuck. Fuck. Gleich sind sie oben." Ich verdränge die Furcht. Schnappe mir einen Kanister des von Eds extra für diesen Zweck zur Seite gestellten Erdöls und renne die Treppen runter. Vierter Stock. Dritter Stock. Zweiter Stock. Unterwegs schlage ich in jeder Etage die Türen zu.

Da sind sie. Vor mir. Kommen näher. Ihre entstellten Körper werden von mir angezogen. Ihre Arme strecken sich zu mir. Ihre toten Augen verzerren mich. Ich öffne den Kanister. Gieße das Öl auf die letzten Stufen, die zwischen mir und den Zombies liegen. Ihr ohrenbetäubendes Stöhnen wird lauter. Sie haben Hunger. Ihre Gier treibt sie näher. Sie wackeln auf mich zu. Treten aufs Öl. Rutschen aus. Ich gehe rückwärts die Stufen hoch und verteile das schwarze Gold auf der Treppe. „Das wird sie erst mal aufhalten. Sollte es. So haben wir es uns ausgedacht. Sie rutschen und kommen nicht weiter", vergewissere ich mir selbst. Ich gehe Schritt für Schritt zurück. Verteile das Öl sorgfältig. Stoße gegen etwas. Drehe mich erschrocken um. Ben. Er steht hinter mir. Seine Stirn in Falten gelegt guckt er mich ängstlich und unsicher an. Sein Herzschlag zeichnet sich an seiner Brust ab. Er nimmt meine Hand. Drück sie ganz fest. Ich lege den Kanister auf den Boden und der Rest läuft raus. Knie mich vor ihn. Versuche zuversichtlich zu Lächeln. „Hey, Großer! Es ist Zeit für unseren Notfallplan. Du weißt sicher noch alles. Das schaffen wir. Die da sind langsam und dumm. Würden wir die Glotze anmachen, wären sie im Vormittagsprogramm und wir würden sie bemitleiden. Die haben keine Chance. Also, los!" Seine Miene füllt sich mit Motivation. Er guckt mich bereit an und nickt.

„Werfe ihn einfach zu denen! Er wird es eh nicht schaffen! Er hält dich nur auf! Du kannst ihm net helfen." Das Flüstern fängt an zu nerven, schafft es aber nur kurz, mich aus dem Konzept zu bringen. Ich nehme Bens Hand. Wir rennen hoch. Schnell in die Wohnung. Tür zu. Wir

kommen an. Tür ist zu. Ich donnere gegen die Tür. „SCH-
EISSE!!!" Motivation und Hoffnung sind Schlampen. Billi-
ge kleine Nutten. Den Schlüssel hat Franzi. Wahrscheinlich ist er in einem der Zombies. „Es wird nicht mehr
lange dauern. Sie werden an dem Öl vorbei kommen.
Übereinander steigen." Meine Gedanken suchen hilflos
einen Ausweg. Ihr Stöhnen vergewissert mir meine The-
se. „Haha! Ihr seid so lächerlich. Ihr habt nicht den
Hauch einer Chance! Gleich sind sie da! Hör sie dir an!
Sie kommen hoch und ihr könnt nur runter. Du hast ver-
sagt! Präge dir Bens Gesicht nochmal ein, bevor sie es
zerfetzten", zieht das Flüstern gehässig über mich her.
Ich gehe zum Geländer. Gucke runter. Noch rutschen sie.
Ich drehe mich zu Tür. Trete dagegen. Nochmal. „GEH
AUF!" Ich werfe mich gegen das massive Holz. Gucke zu
Ben. Er kauert auf dem Boden. Hat sich in sich versteckt.
In seinen Armen und Beinen. Vergraben. Schluchzen
drängt sich an seinen Gliedmaßen vorbei. Ich schaue
nach einer Idee suchend wieder das Treppenhaus runter.
Einer hat es schon geschafft. Hat sich am den Holzspros-
sen des Geländers hochgezogen.

Ich ziele. „Du triffst doch eh nicht! Du Loser! Lena konn-
test du auch nicht helfen. Sie ist sogar wegen dir ver-
reckt. Spar dir die Kugel lieber für Ben und dich", haucht
mir die heisere Stimme ins Bewusstsein. Ich schieße.

Kopfschuss. Das Projektil drückt sich durch den Kopf des Zombies. Prallt hinter ihm auf den Steinboden. Funken. „Genau das brauche ich noch – mehr Stress." Ich gehe entschlossen die Treppen runter. „Das Haus ist eh zu groß für uns zwei", bestätige ich mir. Rede ich mir ein. Zünde mir eine Kippe an. Ziehe. Mein Mund, meine Lunge füllen sich mit Rauch. Es gibt nur wenige Momente, in denen der Tabak einen richtig erfasst. In denen du ihn richtig schmeckst. In denen er dich zurückführt, an Momente, in denen er schon mal so geschmeckt hat. Während du das erste Mal rebellisch vor deinen Eltern einen kräftigen Zug nimmst. Nach dem ersten Sex. Beim Kacken. Während eines richtig guten Abend mit deinen Freunden. Nachdem du von Security-Typen vermöbelt wurdest. Nachdem du dem kleinem Bruder eines Mädels geholfen hast und sie dir ihre Kippe reicht. Während du erfährst, dass die Menschheit am Arsch ist. Nachdem dich ein an der Decke befestigter Zombie umgehauen hat. Auf dem Weg zu einem Haufen blutrünstiger Zombies. Ich bin da. Sie haben sich schon vollkommen mit Öl eingeschmiert. Liegen aufeinander. Rutschen.

Einer drängt sich nach vorne. Der könnte es schaffen. Seine schwarze Hand kommt fast bei mir an. Ich bücke mich zu ihm. „Komm her, du Arschloch! Du schaffst es ja doch nicht!", fauche ich ihn an. Mein Kopf ist nur Zentimeter von seiner Hand entfernt. Berührt mich. Meine linke Wange. Gleitet aber weg. Ich wische mir das Öl aus dem Gesicht. Greife nach ihm. Packe seinen Arm. Mache mein Feuerzeug an. Zünde seine Hand an. Nehme uns die Option der Kapitulation. „Wenn sie oben sind und die Tür aufgebrochen ist, ist der Unterschlupf eh für den Arsch", vergewissere ich mir nochmal. Die Flamme frisst sich schnell seinen Arm hoch. Ergreift seinen Körper. Sein leerer, hohler Blick lässt nicht von mir ab. Er versucht weiter zu mir zu gelangen. Rutscht aus. Das Feuer frisst sich über ihre Körper, über den Boden zu jedem einzelnen. Entfacht sie. Ich renne wieder hoch. Springe gegen dir Tür. Trete. Schlage. Boxe. Flippe aus. Bis sie endlich nachgibt und aufbricht.

„Pack ein, was du brauchst!", rufe ich Ben zu und werfe ihm eine Tasche hin. Er guckt mich verheult an. „LOS!" Erschrocken reißt er die Augen auf und fängt an. Ich packe den Rest an Essbarem ein. Suche Trinken, Waffen und Werkzeug zusammen. Gehe zu Ben. Ziehe ihm grob eine Schutzbrille und Maske des Zombiefickers über. Schütze mich, während Ben seinen Schutz richtig zurecht rückt.

Ich stehe in der Mitte meiner Wohnung. Melancholie schleicht sich ein. Selbstständigkeit. Erwachsen sein.

Meine erste eigene Wohnung. Eigenes Leben. „Ja, und die große Liebe hast du auch verloren. So wie die Wohnung. Alles verkackst du. Gib auf. Lass Ben und dich nicht weiter leiden", krächzt es belehrend aus meinem Inneren. Der Rauch zieht in die Wohnung. Zieht mich aus meinen Gedanken. Ich lege meine Hand auf eine Wand. „War geil hier! Mach´s gut", verabschiede mich von meinen eigenen vier Wänden.

Ich überprüfe, ob ich alles dabei habe. Keine Ahnung. Wir müssen los. Ben steht bereit vor mir. Versucht sich unauffällig die Tränen aus dem Gesicht zu wischen. Als er merkt, dass es nicht klappt, zieht er sich den Hut über die Augen.

Wir steigen durch die Löcher im Boden. Ich gehe vor und helfe Ben dann vorsichtig runter. Er steigt behutsam durch die Öffnung und springt mir dann in die Arme. Bei der Landung rutscht ihm der Hut jedes Mal ins Gesicht. Er schiebt ihn hoch und zeigt mir sein stolzes Lächeln. „Sehr gut! Das machst du super!", bestätige ich ihm. In der Marionetten-Wohnung im zweiten Stock müssen wir pausieren. Es wird immer verrauchter. Bei dem Blinden und der Familie wimmelt es vor Zombies. Sie tanzen brennend durch die Zimmer. Flammen schlagen durch die Löcher zu uns.

Wir gehen auf den Balkon. Schließen die Tür. Atmen ein. Sauerstoff. „Wir müssen schnell auf den Balkon unter uns. Von da aus ist es nur ein Sprung in den Garten. Ich muss Ben zuerst runter lassen. Das kann ich nicht verantworten. Aber die Zombies sind mit dem Feuer beschäftigt. Vielleicht platzt einer durch die Scheibe. Aber es ist eine vier- bis fünffache Verglasung…", versuche ich das Szenario durchzuspielen. Ich packe ihn am Arm. Er zögert nicht. Vertraut. Ich lehne mich über das Geländer und lasse ihn runter. Es passt nicht. Über einen Meter Luft ist noch unter ihm. Ich muss ihn schwenken und fallen lassen. Er prallt auf. Tut sich weh. Jammert nicht. Ich steige schnell hinter her. Schaffe es, mich auf das untere Geländer zu stellen und herab zu steigen. Wir sind beide auf dem Balkon. Die Augen der Zombies sind durch die Hitze zerplatzt. Sie beachten uns nicht. Ich nehme Ben auf dem Arm. Bevor das Glas zerplatzt, springen wir runter. Wir landen auf dem Leichenhaufen. Die Scheiben halten stand.

Ich habe mich zu sehr auf das Haus konzentriert. Der Rauch und das Feuer haben andere Zombies angelockt. Sie nähern sich dem Garten. Die Gartentür ist offen. „Wie auch sonst." Sie schlürfen auf uns zu. Näher. Rein. „Ach, fickt euch doch!", verfluche ich sie. Fasse mir an die Stirn. Sortiere meine Gedanken. Ben hält meine andere Hand. Wartet. Fängt nervös an mit den Beinen zu zittern.

Ich geh auf Nummer sich, dass unsere Masken gut sitzen. Wende mich dem Kadaverberg zu. Überwinde mich. Halte ein paar Leichen hoch. Sie sind glitschig. Blutig. Vergammelt. Ich brauche beide Hände, um nicht abzurutschen. Ein bestialischer Gestank schlägt uns entgegen. „Rein da!" Ben will nicht. Ich schiebe ihn mit einem Fuß rein. Er sträubt sich. „Nein! Ich will nicht!", heult er mich an. Zu laut. Die Zombies suchen den Garten nach uns ab. Ben sieht meinen ernsthaften Blick. Hält sich die Nase zu. Kriecht rein. Ich steige hinterher. Lege mich auf ihn. Bedecke uns mit Kadavern. Ich sehe noch, wie aus der Tür zu den Kellern Zombies raus strömen, bevor ich die letzte Leiche wie eine Luke hinter uns lege und uns einschließe.

Sie haben uns nicht gesehen. Keiner hat uns gesehen. Wir sind tot. Keiner hat uns bemerkt. Ich merke, wie Bens Herz rast. Der ganze Leichenberg scheint zu vibrieren. Ich lege meine Arme um ihn. Versuche die Leichen von ihm wegzuschieben. Die Nische größer zu machen. Zu einer kleinen Höhle zu stabilisieren. Um uns herum hängen Gedärme wie Girlanden. Der Gestank verätzt uns die Geruchsgänge. Egal, wie herum man sich dreht, überall starren uns tote, verweste Grimassen an.

Ich versuche nach draußen zu gucken. Die Situation zu beobachten. Ein abgetrennter Arm löst sich und landet auf meinem Gesicht. Gleitet langsam über meine angewiderte Fratze und hinterlässt einen Blutfilm. Schlage ihn weg. Wische mir übers Gesicht. Meine Hände sind auch voller Körpersäfte. Ich versuche mich abzulenken. Luge raus.

Sie kommen näher. Ein Fuß. Knapp neben meinem Gesicht. Ich kann seinen Fußpilz fast schmecken. Sie steigen über uns. Bleiben stehen. Gucken auf das Haus. Das Glas zerspringt und die Flammen greifen durch die Fenster. Erfassen das ganze Gebäude. Immer mehr Zombies kommen zum Gaffen. Auf uns. Um uns. Wir rutschen tiefer in den Leichenhaufen. Wie in einer Tropfsteinhöhle fließt ihr Blut um uns herum. Uns umringt Stöhnen. Sie bemerken uns nicht. Die Leichen übertönen unseren Geruch. Wir sind für sie nicht da.

„Du musst jetzt die Klappe halten", flüstere ich zu Ben. Sein Blick versucht den anschaulichsten Platz in unserer Höhle zu finden. Seine Augäpfel schwenken erfolglos hin und her.

„Du musst auch die Klappe halten", flüstert er mir nebensächlich zu. Ich nehme ihn stärker in den Arm. „Halte durch", sag ich ihm. Sein Herzschlag wird langsamer. Ein gutes Zeichen. Wir werden einige Zeit hier bleiben müssen.

Wir richten uns ein. Schieben. Drücken. Schaffen uns eine kleine Mulde zum Überleben. Die Zombieteile sind unsere Mauersegmente. Deren Kleidung zurecht gezupft. Verdeckt das Schlimmste. Tapete.

Es wird heißer. Brennende Teile landen neben uns. Sengen die Leichen an. Wir schwitzen. „Ja, toll! Ma wieder eine super Idee von dir. Du Versager! Jetzt verrottet ihr hier zwischen den Toten. Einen super Ausweg hast du gefunden! Ich bin echt stolz auf dich! Es ist scheiße heiß. Stinkt. Ist unbequem. Du bist so ein nutzloses Arschloch!" Das Flüstern will einfach nicht die Fresse halten. Ich beiße mir auf die Lippe. Versuche es zu verdrängen. Höre nicht hin...

Ben wird wieder unruhiger. Tränen mischen sich mit seinem Schweiß. Ich schaffe uns ein kleines Guckloch. Es ist nicht auf das Haus gerichtet. Es zeigt uns den Hof. Mehr Zombies. Fernsehunterhaltung.

„Ich wette, dieser da war mal ein Mathelehrer", fange ich an. „Was denkst du, was sie mal waren oder noch sind?", frage ich Ben. Er rutscht interessiert ein bisschen höher. „Nee, der sieht nicht aus wie ein Lehrer. Lehrer sind kluge Leute. Er sieht eher aus wie ein... hmm... Ich weiß nicht. So ein Mensch, der sie Straßen sauber macht oder repariert." Er verzieht nachdenklich das Gesicht. „Ein Politiker?" „Nein, ein Straßenfeger. Genau! So einer!" Er grinst mich an. „Kluge Leute machen nicht immer einen prestigeträchtigeren Job. Lieber ein glücklicher Straßenfeger als ein neurotischer Arzt. Such du dir jetzt einen aus." Ich hieve ihn ein bisschen höher. „Danke! Ich denke, dass der Nackte da mal... ein..." Er überlegt. „Der Vollpfosten da, mit nur einer Gesichtshälfte und nur einem Arm, der war bestimmt mal so ein Depp wie du!" Das Flüstern wird immer aggressiver. „Guckt her, ich habe einen Hut. Ich bin ja so toll. Du lässt dir Tattoos stechen, lässt dich piercen. Willst dich von der traurigen Masse abheben. Zünde dir noch eine Kippe an. Piss in Flaschen und mach dich über die Leute lustig, die es trinken. Erhebe dich über andere. Reg dich auf. Du willst nicht sein wie sie. Du machst dich nur über dich selbst lustig. Du regst dich nur deshalb so über sie auf, weil du genauso bist. Deine größte Angst ist Realität. Du kannst nur über sie lachen, weil du sie so gut verstehen kannst. Du bist kein bisschen anders. Du beneidest sie sogar. Sie haben es so einfach. Sie sehen es nicht. Ergebe dich. Komm! GIB AUF! Das Wesentliche hast du schon längst aus den Augen verloren. Nichts ist irgendwas wert.

Nichts ist wichtig. Das Leben ist sinnlos. Das ist nicht schlimm. Du darfst es genießen. Menschen haben das Verlangen diese Leere zu füllen. Einen Sinn zu finden. Um sich nicht vollkommen wertlos zu fühlen. Sie gehen an sich selbst zu Grunde. Dein scheinheiliges Predigen hat sich schon längst von deinem wahren Ich verabschiedet. Du verstehst es selbst nicht mehr. Bist du zufrieden? Darauf kommt es an. Auf dein Inneres. Da seid ihr alle gleich. Da ist nichts! Nur das Streben nach etwas Sinnvollem. Wertvollem. So armselig. Weißt du, was in deinem Inneren ist? ICH!" Das Krächzen ist in Ekstase. „Schau dir den Typen genau an. Er und du, ihr seid einfach nur Versager, die mal gehofft haben, etwas Besseres zu sein. Ihr habt es beide verkackt. Nie wirklich verstanden. Hör auf dich zu sträuben! Gib auf. Reihe dich ein", befiehlt es. Keiner will, dass es mitspielt. „Hmm... vielleicht... der war bestimmt mal auf Wänden." Ben zieht meine Konzentration wieder auf sich. Verdrängt die immer lauter werdende Stimme aus meinem Kopf.

Wir lenken uns ab. Ben sich von der Welt. Ich mich von mir selbst. Als alle einem Beruf nachgehen, versuchen wir zu erraten, wie sie ums Leben gekommen sind. Ben fängt an. „Ich glaube, er wurde von einem Ritter getötet. Er hat ihm erst ganz oft mit seinem Schwert gestochen und dann den Kopf abgeschlagen. Dann hat er seinen

Kopf durchs Auge aufgespießt und ihn gebraten", erklärt er mir aufgeregt. Er ist vollkommen in seinem Phantasiefilm.

„Aber er hat doch seinen Kopf noch?", frage ich. „Ja, dann war er beim Arzt. Der neben ihm ist nämlich sein Arzt. Und dann hat er den Kopf wieder rangenäht und dann sind beide gestorben. So war das." Er nickt mir besserwisserisch zu.

Es wird dunkel. Die Nacht verschlingt die blutigen Gesichter. Nur das Licht der Flammen lässt sie ab und zu wieder aufflackern. Das Stöhnen verstummt nicht. Mir gehen die Spiele aus. Ich krame meinen MP3-Player aus dem Rucksack und setzte Ben die Kopfhörer auf. Er lächelt dankbar und kuschelt sich an mich. Wird müde. Schläft ein. Ich schließe den Ausguck. Ziehe Ben näher zu mir. Umarme ihn. „Wenn du aufwachst, sind die bestimmt weg", sage ich mehr zu mir als zu ihm. Sein Herz pocht immer ruhiger. „Genau. Entspann dich. Wir kommen hier bald raus. Sie sehen uns nicht."

Ich kann nicht schlafen. Früher haben die Vögel genervt, jetzt das Ächzen der Zombies. Ich weiß nicht, was schlimmer ist. Wie Kokain treibt es meinen Adrenalinspiegel hoch anstatt mich runter zu bringen. Ich frage mich, ob Lena hier irgendwo herumkriecht. „Rotes Blut.

Vielleicht bleibt sie da einfach liegen..." Die Flammen schlagen immer mehr um sich. Hitze. Hölle. „Sie sind sicher bald weg. Dann können wir hier raus", erzähl ich mir als Gute-Nacht-Märchen.

Bens Herzschlag beruhigt mich. Er verdrängt die Geräusche von außen. Ich konzentriere mich darauf. Schließe die Augen. Entspanne. Komme runter. Ein wohliger Beat, der mich ins Schlummerland geleitet. Es wird still. Mit meiner Hand suche ich seine Brust ab. Sein Herzschlag stellt sich ein. Ich verstehe nicht. Werde aus der Ruhe gerissen. Rüttle an ihm. „Wach auf!", bitte ich ihn. „Ben! Was ist los?!?!" Panik. Ich kann mich nicht umgucken. Ich sehe ihn nicht. Kein Licht dringt zu uns durch. Schüttle ihn. „Nein, nicht Ben! NEIN! Er wacht gleich auf! Lass mich nicht allein! Scheiße! Ben!" Meine Gedanken versuchen aus meinem Schädel zu brechen. Ich setzte zu einer Herzmassage an. Zu wenig Platz. Klacken. Klappern. Halte die Luft an. Was ist das? Ich versuche die Geräusche zu deuten. Drehe meinen Kopf hin und her. Horche. Beißen. Ich merke wie Ben seinen Kopf bewegt. Seine Arme. Seine Beine. Eine Leiche rutscht von dem Haufen. Sie sehen uns aber noch nicht. Er zappelt weiter herum. Stöhnt. Röchelt. Ich halte ihn fest. Presse seine Gliedmaßen zusammen. Habe ihn mit einem Arm und einem Bein fest umschlungen. Sein Kopf wackelt umher. Zuckt.

Ich will es nicht verstehen. „Was ist passiert? Er ist kein Zombie. Er hat sich nicht infiziert. Das kann nicht sein." Meine Gedanken kauern in der hintersten Ecke meines Kopfes.

Eine Hand packt mich an der Schulter. Bricht mir fasst das Schlüsselbein. „Scheiße!!!", schreien meine fest zusammengekniffen Augen. Sein Stöhnen. Es lockt die anderen an. Die Leichen rutschen weiter von uns. Die Hand mit der Axt umfasst Ben. Ich kann mich nicht wehren.

Ein Lichtstrahl bahnt sich seinen Weg zu uns. Neben uns offenbart sich mir ein abgetrennter Arm. Der Knochen liegt offen. Greife ihn. Halte ihn zweifelnd fest. Presse Ben dicht an mich. „Ich hab dich so lieb. Das tut mir alles so leid. Ich hätte besser auf euch aufpassen müssen. Ich hab es verkackt. Vielleicht ist es ja besser für dich." Die verzweifelten Worte prallen an dem untoten Kind ab. Ich drücke ihm die Speiche durch seinen Gehörgang ins Hirn. Er hört auf zu stöhnen. Zappelt nicht mehr. Lässt mich alleine. Die Hände neben uns stellen das Graben ein. Ziehen sich zurück. Die Kadaver schließen die Öffnungen wieder. „Siehst du! Das war so klar... oder, nein! Soll ich jetzt überrascht tun? Oh, mein Gott! Wie konnte das nur passieren? Der arme Junge!" Das raue Flüstern macht sich über mich lustig.

Ich zittere. Bebe. Meine Gedanken fressen sich durch die Rillen zwischen den toten Zombies. Suchen. Finden nichts. Laufen ins Leere. Habe Ben in meinen Armen. Meinen Freund. Drücke ihn ganz fest. Bin alleine. Durch eine Lücke betrachte ich mit den Zombies zusammen mein Heim. Das Feuer zerfrisst den ganzen Bau. Die weißen Außenwände färben sich schwarz. Wie der aufsteigende Rauch verabschiedet sich mein Lebenswille von mir.

Das Haus brennt nieder. Die Flammen greifen auf die Nebengebäude über. Der ganze Block fackelt ab. Ich kann nur liegen bleiben. Es sind Hunderte um mich herum. Höre sie stöhnen. Sie geilen sich an den Flammen auf. Hoffen auf Menschenfleisch. Stunden vergehen. Ich werde bewusstlos oder schlafe ein. Den Unterschied kenne ich nicht mehr.

Tage voller Hass, Wut, Verzweiflung, Verarbeitung, Selbstaufgabe und totaler Resignation verdrängen mich aus meinem Körper. Übernehmen mich. Formen mich neu. Das Flüstern verstummt. Ich weiß nicht, ob es weg ist oder ob es einfach in mich übergegangen ist.

Das Feuer erlischt. Sie ziehen weiter. Vollgeschissen und vollgepisst drücke ich mich aus dem Leichenberg. Halb tot. Es sind zwar noch Zombies da, aber der Großteil hat sich verzogen. Ich torkle an ihnen vorbei. Mein leeres, ausgebranntes Gesicht lässt sich durch den Dreck der Leichen kaum noch als solches erkennen. Aus meinen Augen ist jedes Anzeichen von Leben verschwunden. Der Glanz ist verloren. Sie sehen müde und trüb aus. Ich schließe die Gartentür. Betrachte meine Hände. Blau. Schwarz. Blass. Sehe an mir runter. Blut. Schweiß. Scheiße. Ich ziehe die Axt an meinem Arm fest. Köpfe die letzten Zombies im Garten, die noch nicht gecheckt haben, dass die Vorstellung zu Ende ist.

Widme mich dem Berg. Werfe Kadaver von ihm. Suche. Wühle. Da. Ben. Ich packe ihn an seinen Armen. Ziehe ihn raus. Mit offenem Mund glotzt er mich verurteilend an. Der abgetrennte Arm steckt ihm noch im Ohr. Seine toten Augen lassen nicht von mir ab. Brennen sich in meine Seele. Ich lege ihn ab. Streiche ihm übers Gesicht. Schließe seine Augen. Ich hinterlasse eine leichte Blutspur auf ihm. Blaues Blut. An meiner Hand. Ich betrachte seine Arme. „Daran habe ich nicht gedacht... Das hatte ich übersehen. Seine Arme. Die Wunden. Ihr Blut hat sich über seine Arme gelegt. Ihn so infiziert." Meine Dummheit drischt mit einem Vorschlaghammer auf mich ein. Zertrümmert jeden einzelnen Knochen.

Ich lade meine Knarre durch. Presse sie mir an die Schläfe. Löse meinen Griff. Umfasse die Waffe stärker. Atme ein. Atme aus. Drücke ab. Ich ballere meine letzten Kugeln in die Schädel der umherziehenden Zombies. „SCHEISSE!!!!" Ich kann nicht mehr weinen. Ich reiße mich zusammen. Nehme die Axt von meinem Arm. Schlage auf den Rasen ein. Lockere die Erde damit. Buddle ein Loch. Lege Ben rein. Begrabe ihn. Lege den Hut aufs Grab. Lege mich neben ihn. Schaue in den Himmel. Blau. Hell. Warm. Schön. Vereinzelte Wolken. „Fick dich!" Ich starre in die Sonne. Schließe meine Augen nicht. Reiße sie auf. Zwinge sie zum Sehen. Mein Gesicht verzieht sich. Spannt sich an. Endlich Tränen. Die Sonne brennt.

Kapitel 16

Erlösung

Erleuchtung. Ein Gewitter wütet in meinem Kopf. Endlich habe ich es verstanden. Springe auf. Mein Bewusstsein fährt Achterbahn. Ich kann nicht geradeaus gucken. Befestige die Axt am Arm. Ich weiß, wo der Fehler ist. Laufe los. Renne. Stürze nach ein paar Metern auf den warmen Asphalt. Kotze meine Lunge fast aus. Meine Hose klamm vom Einkoten der letzten Tage. Reibt mir die Beine auf. Bin vom blauen Blut überzogen. Stinke. Zwinge mich hoch. Laufe. An Zombies vorbei. Durch Straßen. Sie sind übersät mit Leichen und zerstörten Fahrzeugen. Häuser brennen oder sind schon ausgebrannt. Orientierung. Da ist es. Sehe den Turm. Nicht mehr weit. Bin gleich da. „Es ist so einfach. Warum bin ich da vorher nicht drauf gekommen." Ich strahle. Das Grinsen geht über mein ganzes Gesicht. Erlösung.

Endlich. Ich stehe vor dem Gebäude. Kotze. Kann weitergehen. Schreite langsam näher.

Um das Gemäuer herum sind Holzbalken in die Erde eingelassen worden. Zombies zappeln an ihnen. Ihr Unterkörper wurde entfernt. Ihre Wirbelsäule ist an das

Holz genagelt. Drei große Nägel bohren sich durch die Wirbel. Seile unterstützen die Konstruktion, damit die Knochen nicht brechen. Ihre Hände sind abgeschlagen. Angespitzte Knochen ragen aus den Stümpfen. Von ihnen tropft ihr blaues Blut. Sie umringen das gesamte Bauwerk. Keuchend. Wartend. Lassen niemanden durch. Knirschen mit ihren zerfledderten Kiefern. Improvisationsperformance.

Ein Zombie hat seinen Job gut gemacht. Er hat seine Armstümpfe in einen Menschen geschlagen. Ihn an der Schulter und am Brustkorb durchbohrt. Angefangen an seinem Hals zu fressen. Er wurde zu einem von ihnen. Sein Kopf hängt nur noch mit ein paar Sehnen am Körper, aber er bewegt noch schmatzend seinen Mund und rollt mit den Augen.

Sie umarmen sich. Ächzend. Kommen nicht voneinander los. Die Arme haben sich im Brustkorb verkeilt. Ein Weg. Ich gehe an ihnen vorbei. Sie kommen nicht an mich ran. Kein Bewegungsradius. Behindern sich gegenseitig. Der festgenagelt Zombie bewegt sich hektisch. Riecht. Wittert. Dabei rüttelt er leicht an seinem einstigen Opfer. Zu viel für die Überreste des angenagten Halses. Die Sehnen lassen nach. Man hört sie leise reißen. Der Kopf knallt zu Boden. Die Augen rollen weiter hin und her. Sein Mund schmatzt weiter, als wäre nichts gewesen. Sie haben kein Interesse an mir. „Selbst die wollen mich nicht mehr", sage ich mir und gehe weiter.

Ich komme zum Tor. Verschlossen. Rüttle. Werfe mich dagegen. Nichts. Das Eisen lacht mich mit seinem Klimpern aus. Ich gehe um das Gebäude herum. Eine Regenrinne. Sie führt auf einen Vorbau. Ich zwinge mich hoch. Ignoriere Hunger, Schmerz, die fehlende Kraft. Liege, am Ende meiner Existenz, endlich oben.

Fenster. Bunt. Kunst. Führen mich weiter. Ich zerbreche sie. Bin drin. Gucke mich um. Ein großes Kruzifix starrt mich an. Jesus ist immer noch tot. Ich steige durchs Fenster. Hier finde ich Erlösung. Da ist jemand. Ein Pastor. Ein Talar verdeckt seinen wohlgenährten Körper. Er steht vor seinem Altar. Kerzen erleuchten die Zeremonie. Ein Zombie liegt vor ihm. Große Nägel fixieren seine Hände und Füße an einem aus Gebetsbänken zusammengezimmerten Kreuz. Der Prediger betet. Bekreuzigt sich. Bespritzt den Zombie mit Weihwasser. Exorzismus. Verehrung. Anbetung. Unterwerfung. Der Pastor wackelt hin und her. Brabbelt. Legt ein Kreuz auf die Stirn des Zombies.

„ICH BIN WIEDER DA!", schreie ich ins Kirchenschiff. Nicht euphorisch. Nicht wütend. Ausweglos. Verzweifelt.

Gebrochen. Das Echo erfüllt das ganze Gotteshaus. Verleiht dem Rufen eine kranke Kraft. Der Pastor dreht sich erschrocken um. Kann die Geräuschquelle nicht orten. „Herr?", fragt er zweifelnd in die Leere. Zwiegespalten zwischen Freude, Angst und Verwirrung sucht er. Ist abgelenkt. Der Zombie reißt sich los. Zieht die Nägel durch seine Handflächen. Geht auf den Pastor los. Packt ihn am Gewand. Zerrt ihn zu sich. Jagt seine Zähne in den Körper des Predigers. In Ekstase rutscht er mit dem Geistlichen zu Boden. Seine Füße reißen ab und bleiben am Kreuz hängen. Er zieht sich an seinem Opfer hoch und beginnt auf seinem Gesicht herumzukauen. Der Priester betet apathisch und betrachtet mit weit aufgerissenen Augen die Heiligen an der Decke. Sie lachen und kümmern sich um ihren Kram. Bekommen gar nicht mit, was hier unten passiert.

Ich klettere runter. Gehe zu den Zombies. „Die helfen mir hier auch nicht", hauchen meine Gedanken enttäuscht. Der Zombie glotzt mich an. Ich erkenne ihn. Seine Lippen sind abgefressen. Ein tiefer Schnitt führte zu einer klaffenden Wunde quer über seinem Gesicht. Aber ich erkenne ihn. Es ist Tammo. Er verliert das Interesse an dem Mann. Schleift sich auf mich zu. Ich blicke regungslos auf meinen alten Freund herab. Er streift an mir vorbei. Ich folge ihm. Ausgang. Ich löse den Riegel des Tors. Lasse den schweren Balken zu Boden fallen. Wir verlassen das Gemäuer. Er kriecht an den Wächtern vorbei. Schließt sich einer Gruppe an. Hunderte ziehen vorbei. Er gliedert sich ein. Ich auch. Ich mische mich unter sie. Sie greifen mich nicht an. Gemeinschaft. Ich folge ihnen. Keine Ahnung wohin. Ist auch nicht mehr wichtig. Die Sonne geht unter. Wir folgen ihr.

Es fühlt sich komisch an. Abartig. Ihr Mief dringt in meine Nase. Ihr Stöhnen flutet meine Gehörgänge. Aber ein warmes, wohliges Gefühl erwacht in meinem Bauch. Ich bin nicht alleine. Nicht einsam. Es beruhigt mich. Ich lege meine Abscheu ab. Finde mich damit ab. Gehe in der Masse unter. Sehe nicht großartig anders aus als sie. Stinke. Bin einer von ihnen. Über den Hauch Leben, der noch in mir ist, kann man getrost hinweg sehen. Ist nicht mehr wichtig. Ich habe meinen Platz gefunden. Hier neben Tammo. Hier bei ihnen. Ich werde sicher noch mehr alte Freunde treffen. Ich freue mich.

Die Sonne ist schon fast am Horizont verschwunden. Die Strahlen lassen einen letzten Blick auf die Rauchschwaden, welche nun die Stadt regieren, zu. Die Dämmerung zeigt mir Personen. Sie laufen von Deckung zu Deckung. Überlebende. Die Zombies sehen sie nicht. Scheinen aber was zu ahnen. Werden unruhig. Riechen. Stöhnen.

Wenn den Rebellen ein Zombie zu nahe kommt, wird er lautlos ausgeschaltet. Ich sehe sie links und rechts an uns vorbei huschen. Ich will die Gruppe nicht verlassen. Sie nicht verlieren. Ich werde nervös. Eine Falle. Sie planen etwas. Sonst würden sich uns nicht so viele nähern. Ich schiebe behutsam den Pflock an meinem Arm raus. Verteidigung. Verfolge aufmerksam ihre Bewegungen.

Neben mir steht ein ausgebranntes Auto. Die Insassen verkohlt. Durch den Rauch der noch kokelnden Körper entdecke ich einen. Er beobachtet uns. Ich schleiche um das Auto herum. Er wartet. Einen Hammer in der Hand. Er lässt mich langsam auf sich zu kommen. Kennt Zombies. Er scheint ruhig. Gelassen. Überlebenswille. Wartet, bis ich nah genug dran bin. Ein Schlag auf meinem Kopf. Problem gelöst. Ich stehe vor ihm. Er ist bereit. Sieht meine Augen. Zögert. Mein Pfahl durchtrennt seine Luftröhre. Meine Hand packt seinen Hals. Langsam sackt er zu Boden. In meine Arme. Röchelt. Ein junger Kerl. Sympathisch. Sanfte Gesichtszüge. Blondes, schulterlanges Haar. Vielleicht in meinem Alter. Ich zieh das Metall aus seiner Kehle. Beuge mich zu ihm. Mein Mund verschließt seine Wunde. Ich nähre mich an dem roten Saft. Beiße. Reiße ihm ein Stück Fleisch aus dem Körper. Kaue auf seiner Kehle herum. Aus dem Loch in seinem Hals strömt das Blut. Hautfetzen und Sehnen hängen herab. Er zuckt.

Greift mir ins Gesicht. Drückt es weg. Ist zu schwach. Ich schlage die Hand weg. Fresse weiter. Er gibt auf. Starrt gen Himmel. Seine blauen Augen reflektieren die letzten vorbeiziehenden Wolken. Dann erlischt die Sonne. Er ist tot. Ich diniere weiter. Bekomme Gesellschaft. Zombies beginnen an seinen Füßen zu nagen. Trennen sie ab. Öffnen ihm die Bauchdecke. Hier wird nichts verschwendet.

Ich habe den nächsten lokalisiert. Mache mich auf den Weg. Arbeiten.

Martin Halama lebt und arbeitet in seiner Geburtsstadt Hamburg. Neben seinem Beruf als Erzieher in einer Kita widmet er sich dem Schreiben, dem Schaffen von Holzschnitten, Linoldruck und anderem Gedöns sowie der Street Art in verschiedenen Formen.

Generation Z – Blaues Blut ist sein erster Roman. Die Sammlung von Kurzgeschichten *Auch Königinnen lutschen Schwänze* druckte er selbst und verkaufte sie in seinem näheren Umfeld.

Weitere Informationen zu seinen Werken unter:

http://schlingel.info

Zeitfracht Medien GmbH
Ferdinand-Jühlke-Straße 7
99095 Erfurt, Deutschland
produktsicherheit@kolibri360.de